ドナルド・キーンの東京下町日記

ドナルド・キーン

東京新聞

はじめに

「東京下町日記」担当編集者・鈴木伸幸

日本文学研究で世界的に知られる米コロンビア大学名誉教授のドナルド・キーンさんが、日々、思うことをつづった中日新聞グループ各紙の連載「東京下町日記」は、キーンさんが日本国籍を取得して七カ月後の二〇一二年十月に始まった。一八年二月に、ご高齢のキーンさんの負担を軽減するために随時掲載としたが、それまでは月一回の連載。一九年二月二十四日に、九十六歳でお亡くなりになるまで六十九回続き、生前に準備していた一本を同年三月三十一日に最終回として掲載して、足かけ八年、全七十回の連載は幕を閉じた。キーンさんが日本人になってから始めた唯一の新聞の定期連載で、生涯最後の新聞連載だった。

連載のきっかけは、日本国籍取得直後のキーンさんの一言だった。「外国人の時はお客さんなので遠慮したが、日本人なのだから言いたいことを言う」。それなら、紙面を通じて言ってもらおうと依頼した。連載第一回は、大阪市の橋下徹市長（当時）が打ち出した、伝統芸能「文楽」への補助金削減騒動がテーマだった。文楽を知らずに「面白くない」と決め付けた橋下氏に「文楽は日本が世界に誇る文化」とたしなめた。

米海軍の語学士官だったキーンさんは、太平洋戦争時の秘話を打ち明けたこともあった。沖縄上陸作戦に向かう軍艦の甲板に立っていた時に、神風の特攻機が突っ込んできて冷や汗をかいた経験や、米ハワイ州の日本人捕虜収容所で、捕虜に「ささやかな娯楽の時間を提供しよう」と音楽会を開いたこと。そして、収容所で知り合った元捕虜と日本で再会したことも紹介した。

「日本文学の伝道師」を自称し、世界に日本文学を紹介し続けたキーンさんは、大作家との逸話の数々にも触れた。谷崎潤一郎が、『源氏物語』の英訳で知られたロンドン在住の翻訳家アーサー・ウエーリに「私の『源氏物語』も英訳して欲しい」という願いを込めて、初版の『細雪《ささめゆき》』を送っていたという裏話。三島由紀夫が自決する三カ月前に、キーンさんと「最後の晩餐《ばんさん》」を楽しみ、歴史上は自決した日に書き上げたとされている遺作『豊饒《ほうじょう》の海』の完成原稿をキーンさんに読ませようとしたこと。三島が望んだノーベル賞を川端康成が受賞した舞台裏についても明らかにした。

自身の近況も話題にした。一三年には、二十年に一度の伊勢神宮（三重県伊勢市）の式年遷宮《せんぐう》へ、自身四度目となる参加を果たした。そして毎年三月には東日本大震災の被災者への思いをしたためた。人気歌手の沢田研二さんがキーンさんのためにバラード曲『アンクル・ドナルド（ドナルドおじさん）』を作詞したことも打ち明けた。

独自の視点から戦争と平和憲法、原発、五輪報道などについても話題にした。上皇ご夫妻とも親しかったキーンさんは、象徴天皇について思いを巡らせたこともあった。米ニューヨーク生まれの日本人ながら、日本生まれの日本人より、はるかに日本に詳しいという異才でもあったキーンさんは忖度《そんたく》なしに、思い切った主張をした。それに対し、多くの読者から共感の手紙も届いた。

連載が続いた足かけ八年間、担当編集者の私は毎月、何回も東京・西ヶ原のご自宅で打ち合わせを重ねた。テーマが決まれば、私がキーンさんから話を聞き取って文章化し、それをキーンさんが時間を掛けて読み返し、添削して「東京下町日記」はできあがった。感じたのは、「知の巨匠」ともいえるキーンさんの日本への底知れぬ造詣の深さだった。

何気ない会話の中に、歴史的な大家の名前が次々と登場した。「あの時、三島は……」「そういえば、谷崎は……」といった具合だ。その都度、私はＩＣレコーダーのスイッチを入れ、聞き漏らすまいとメモを取った。まるで、毎回、大学で講義を受けているかのようだった。こちらの知識や認識の不足はすぐに見破られ、「これは読みましたか」と何冊も本を手渡されたこともあった。

連載が始まった一二年十月に、キーンさんは既に九十歳だった。私はコロンビア大学に留学していた一九九〇年代に、キーンさんの授業を聴講した。その時と比べれば、確かに年を召されてはいたが、それでも精力的に研究活動を続けていた。取り組んでいたのは歌人、石川啄木の評伝。啄木が残した詩歌はもちろん、日記を入手して、隅から隅までなめるように読んでいた。

キーンさんの日課は大体、こんな感じだった。朝は七時ごろに起きて、コーヒーを飲みながら、クロワッサンを朝食に食べる。ご飯に味噌汁と鮭という日本食は嫌いではなかったが、どういう訳か長く日本で生活していてもコンチネンタル・ブレックファーストの習慣は変わらなかった。朝食後は、一通り新聞に目を通し、研究活動に入る。お昼は、養子の誠己《せいき》さんが作る、具がたっぷりの特製サンドウィッチ。食後には、一時間程度の昼寝をして、再び机に向かう。そして、グラスに半分程度のワインを楽しみながら夕食。赤ワインが好きなキーンさんは、手頃な値段でおいしいワインを見つけることが得意だった。食欲は旺盛で、どちらかといえば肉食系。ステーキをモリモリと食べていたことが印象的だ。もちろん、刺身や煮魚といった日本食も大好きで、よく食べていた。

夕食を作るのは誠己さんだったが、キーンさんが「今日は私が作りましょう」とキッチンに立つこともあった。半世紀以上も前にニューヨーク・タイムズ社から出版された、年代物の料理本を見ながら、手際よく、リゾットやビーフストロガノフを作った。ステーキ肉は、ミディアムレアに上手に焼いていた。リゾットをごちそうになったことがあるが、お世辞抜きになかなかの味だった。

そんな生活をしながらの研究活動。ともかく、けた外れの集中力だった。机に向かうと自分の世界に入り込む。スポーツでいうところの「ゾー

自宅でお手製のエビのリゾットを手にほほ笑むキーンさん＝2012年1月、東京都北区

ン」に入ってしまう。昼食の時間も夕食の時間も、キーンさんの集中の波が途切れたタイミング次第だ。ゾーンに入っているときに、「お昼にしましょう」とでも声を掛けると、途端に不機嫌になった。午後十一時頃には寝るようにしていたが、それもキーンさんの研究次第で、何時になるか分からない。

着る物には無頓着。ただし、ブルー系のシャツが好きだったようで、気に入ると、そればかりを着続けた。誠己さんにいわれなければ、一週間も同じ服装で過ごすこともよくあった。

意外だったのは、せっかちで短気なところだ。パソコンは苦手で、ちょっとした拍子に間違ったキーをたたいてしまい、思い通りに操作できなくなると、いつもは穏やかなキーンさんが、「もう、知りません」と大声を上げた。「知の巨匠」がたまに見せる人間味に親しみを感じたものだった。

そんな、研究者らしいといえば研究者らしい日常を送りながら、お亡くなりになるまでの八年間の日常が「東京下町日記」には詰まっている。

キーンさんはユーモアにあふれた人だった。「東京下町」と冠が付きながら、講演でニューヨークやトルコのイスタンブールを訪問した際には、それを連載の話題にして「ここ

目次

はじめに「東京下町日記」担当編集者・鈴木伸幸……1

ドナルド・キーンの東京下町日記

世界に誇れる文楽……14
住めば都……17
三島由紀夫からの手紙……20
富士山に導かれ……23
小田実の『玉砕』……26
被災地を思い続ける……29
私の「センセイ」……32
日本兵の日記……35
ケンブリッジ大学での講義……38
古浄瑠璃の地、柏崎になぜ原発……41
原爆投下の機密……44
伊勢神宮の式年遷宮……47
ノーベル賞と三島、川端の死……50
『源氏物語』との出会い……53

も東京下町ですね。東京下町は広いです。次はどこを東京下町にしましょうか」とちゃめっ気たっぷりに笑った。日本人となってからの定番ジョークがあった。たまに英語を使っては「日本人なのに英語がうまいでしょう」。甘党で、アイスクリームやケーキをよく食べていたが、どういうわけか甘い和菓子は苦手で「どうしても、舌だけは日本人にならない」ととぼけた調子で話していた。

そんなキーンさんは、某大手紙の客員編集委員だった一九八〇年代に、平安時代から幕末にかけての数々の日記をひもとき「百代の過客　日記にみる日本人」という題名で連載した。後に一冊の本となって有力な賞を受けた。その賞は連載を掲載したその大手紙ではなく、ライバル紙の文学賞。それを、キーンさんは面白おかしく話していた。

日記文学研究でも高い評価を受けながら、自分では日記を書いてこなかったキーンさん。その理由が振るっている。「私は記憶力がいいので、忘れることはないと思っていたから」。ところが、さすがに年齢的な衰えもあってか、晩年には「物忘れすることを覚えました」と肩をすくめていた。「東京下町日記」は、キーンさんが残した最初で最後の日記である。

沖縄戦と日系人ジロー……56
憲法九条の行く末……59
荷風のまなざし……62
『おくのほそ道』に思う……65
新潟との深い縁……68
捕虜収容所での音楽会……71
元従軍記者との縁……74
六十九年前の手紙から……77
鞆の浦の魅力……80
健康に無頓着でも……83
新聞で「今」を知る……86
私の教え子タハラ……89
真珠湾攻撃の日……92
日本人の意識……95
正岡子規と野球……98
高見順が記した大空襲……101
日本兵の日記……104
ニューヨークでの三島……107
素敵な女友達ジェーン……110
文豪谷崎との交流……113
軍部の暴走と黙殺の果て……116
「世界のオザワ」を見習う……120
超一流の二流芸術国……123
同じ歳の寂聴さん……126

米海軍語学校の同期生ケーリ……129
日記は日本の文化……132
最後の晩餐……135
現代人・啄木……138
英語歌舞伎で『忠臣蔵』……141
母の日に思う……144
司馬のメッセージ……147
日本に導いてくれた恩人ウェーリ……150
日本文学を読み、旅に出よう……153
台風のような五輪報道に違和感……156
薄幸の天才歌人・啄木……159
「日本学」のセンセイ……162
玉砕の悲劇　風化恐れる……165
「勝敗」のない平和こそ……168
異質ではない日本……171
古浄瑠璃　英国との縁……174
米百俵　何よりも教育……177
利己主義という「醜」……180
五輪の闇　報じるべき……183
英留学の二十代を懐かしむ……186
色あせぬ七十二年前の忠告……189
『徒然草』に見る美意識……192
崋山に権力の弾圧……195
日本文学研究は運命……198

日本文学伝えた国際ペン……201
両陛下の憲法への思い……204
お互いさま文化の危機……207
百一歳には負けられない……210
教え子が、明治天皇のお歌英訳集……213
日本の夏を象徴する甲子園……216
平成は日本の転換期……219
考え抜いた題名、さて……222

人、ドナルド・キーン「東京下町日記」担当編集者・鈴木伸幸……226

おわりに……248

※本書は東京新聞・中日新聞に二〇一二年十月から一九年三月まで連載の「ドナルド・キーンの東京下町日記」を、二〇一六年発行の『黄犬ダイアリー』（平凡社）収録分を含め、今回の書籍化に際し再編集しました。登場する人物の年齢、肩書は連載当時のものです。また、同じ内容が複数回書かれている箇所がありますが、個人の日記ということを鑑み、そのまま掲載しました。

旧古河庭園を散策するキーンさん＝2012年10月、東京都北区

ドナルド・キーンの東京下町日記

世界に誇れる文楽

［二〇一二年十月六日］

「リーン、リーン」「コロコロ」と虫の音が響く、東京都北区の旧古河庭園。その近くの自室で静かに研究活動をしているが、どうも騒がしさが気になる。伝統芸能「文楽」をめぐる大阪市の補助金削減の問題が。橋下徹市長と文楽側の話し合いで削減はなくなったが、これで問題解決とは思えない。

文楽は日本が世界に誇る文化だ。世界中に子ども向けの人形劇はあるが、その脚本の文学的価値はゼロ。しかし、文楽は違う。脚本の芸術性は高く、人形遣いの美しさも世界が認めている。だから、世界無形遺産なのだ。

五十九年前、私が京都大学大学院に留学した時に、楽しみだったことの一つが、近松門左衛門の『曽根崎心中』などの文楽を見ることだった。文楽は奥が深い。何度見ても、新たな発見がある。

補助金削減騒動の一因は観客動員の低さと聞いたが、それは文化的に廃れたからだろうか……。そうではない。東京では人気がある。大阪でその面白さが、忘れられていただけなのである。原因は教育にあると思う。

日本の学校教育は基本的に入学試験を前提にしている。つまりは、中学校教育は高校入試を、高校教育は大学入試を、それぞれ前提としている。私が専門としている古典教育にしても、入試向けに最初は文法を覚えさせられる。それでは、学んでもつまらない。まずは、文学作品として触れさせるべきだ。近松作品については、遊郭を舞台としていることが、学校教材にしにくい理由とされている。しかし、『曽根崎心中』にしても、今にも通じる「愛や嫉妬」がテーマで、考えさせられる内容である。同様に「愛や嫉妬」を扱っていても、扇情的で軽薄な最近のテレビドラマとは、比べものにはならない重厚感がある。

私は、日本の入試制度には反対だが、逆から考えれば、入試を変えれば、高校や中学の学校教育も変わっていくはずだ。私は、大学などの高等教育の入試には、地域性があるべきだと思っている。大阪は対東京もあって地元意識が強いとされているが、それなら、まずは上方芸能の文楽を、入試の題材にしてはどうだろうか。

それだけの価値があるし、そうすれば、若い人の関心が高まり、観客も増える。大阪経済にもプラスになる。

今回の騒動を振り返って一番得をしたのは、注目を浴びた橋下さんだろう。補助金騒動で「大阪の文楽の観客数は40％も増えた」と聞いたが、それを見越して、削減を打ち出したのなら大したものだ。

それはともかく、気になるのは、橋下さんが独断で削減を打ち出したこと。個人の嗜好《しこう》は認める。でも、文楽を何度も見ずに、面白くないと決め付けたそうだが、それはどうなのだろうか。橋下さんは今、一番人気の政治家と聞いている。その理由は分かる気がする。ただ、それにちょっとした危うさも感じている。

住めば都

［二〇一二年十一月三日］

半世紀以上も前の一九五三年に京都大学大学院へ留学した。そして五五年に米ニューヨークのコロンビア大学で教えるようになり、毎年、夏は日本で過ごすようになった。日米での二重生活。その当時、日本の住まいは留学時代と同じ家だった。高台にある古い日本家屋で景色がよく、気に入っていた。

ところが、六〇年ごろに新幹線の工事が近くで始まり、景色が台無しになった。そこで、私は、在京の作家や編集者との付き合いが増えていたこともあって、思い切って東京に出ることにした。最初は原宿のアパート。南青山の知人宅に間借りしたこともあった。いずれも悪くはなかったが、周りに外国人が多く、魅力を感じなかった。そこで、選んだのが文京区西片だ。

実は、私が英訳した太宰治の『斜陽』の舞台に西片が出てくる。便利な場所で、近くには白山の花街が残り、風情ある場所だ。それが決め手だった。コツコツとためたドルを、マンション購入のために円に換えた。七一年にドルが切り下げられるニクソン・ショックの直前で、タイミングを逸していたら、円換算で資金不足となるところだった。

しかし、好事魔多し。買ったばかりの部屋に実際に入ると、目の前が白山通りで騒々しいばかり。近くの消防署からはサイレンの音が、しばしば鳴り響く。長年の貯蓄の結果がこれか、と思うと泣きたくなるぐらいだった。

そんな時、友人に呼び出され、歩いたのが北区西ケ原の旧古河庭園だった。緑豊かで、とにかく静か。バラが美しく、池には白鳥が見えた。「すてきだ」と思いながら歩くと、近くに白いマンションが見えた。そこに住みたいと、無邪気に思ってしまった。

友人は「キーンさんは寂しがり屋。近くに友だちはいないし、おいしい料理屋も少ない」と反対した。それでも、私はそのマンションの部屋が売りに出されないか、待つことにした。それから二年後、部屋が売りに出た。西片の部屋を買ってくれる人も、タイミング良く見つかり、西ケ原へ引っ越した。

それから三十八年。私はここから動こうと思ったことはない。静かな環境に研究活動は進む。近くには、下町情緒にあふれる商店街があり、店員が声を掛けてくる。そして、何より外国人がいない。以前は子どもたちに「外人さん」と呼ばれたりしたが、今や私も日本人だ。

「日本の何がいいのか」と聞く日本人がいる。謙遜してなのかもしれないが、どうして、そんなことを聞くのだろうか。日本は人も街も素晴らしく、私には世界のどこよりも住みやすい。しかも毎日が刺激的だ。

西片の部屋を買っていなければ、ドル切り下げで資金問題を抱え、西ヶ原の部屋を買えなかっただろう。今と違って、不動産売買には手間がかかる時代に、すぐに西方の部屋を買ってくれる人が見つかったことも幸運だった。西ケ原には、不思議な縁を感じる。

西ケ原には、安永年間の石碑も残っている。古い日本が好きな私には、街並みや雰囲気もいい。私が住んでから変わったのは、マムシを扱う漢方薬店がなくなったこと。そして、以前は自室から旧古河庭園の池が見えたのに、その周囲の木が伸びて見えなくなってしまったことぐらいか。マムシの店はどうでもいいが、池の木は「夜にこっそり切ってやろうか」と時々考えている。

三島由紀夫からの手紙

［二〇二二年十二月二日］

ちょうど五十年前に発表された、三島由紀夫の『美しい星』（新潮文庫）が、再び売れていると聞いた。美しい星とは地球のこと。空飛ぶ円盤を見た一家が、自分たちは地球外から来た宇宙人だという意識を持ち、米国とソ連が対立する東西冷戦下に、核戦争を防ごうと奮闘する話だ。三島としては目立って前衛的な作品だった。

東日本大震災による原発事故後に、私たち日本人はセシウムなどの放射性物質の恐怖に直面した。それに触発されたのかもしれない。理由はどうあれ、この出版不況下に、三島作品が売れるのはうれしいことである。

私が三島と初めて会ったのはこの東京。編集者の計らいで、一九五四年十一月に、共通の趣味の歌舞伎を一緒に鑑賞した。京都大学大学院の院生の私が三十二歳、三島が二十九歳だった。私たちは意気投合し、それ以来、親しくさせてもらった。

実は、『美しい星』についても手紙でやりとりした。三島は「大変愉《たの》しく書いた」としながらも、異色作であることから世間の評価は散々だろうと予想していた。一応、テレビやラジオのドラマにはなったが、三島作品としては不十分な反響で、残念ながら予想は当たってしまった。

ただ、既に三島文学は世界的に知られていて『美しい星』も英訳されるものと三島は期待していた。私に訳してもらいたかったようだ。だが、私は文学的にはどちらかというと失敗作ではないかと思ったし、その前の三島作品『宴のあと』を英訳したばかりだった。そこで自分からは何も言わずにいたら、三島から「訳していただけないのは残念」と手紙が届いた。

あまり知られてはいないことだが、他人の小説をほめることがほとんどなかった安部公房が『美しい星』を高く評価していて「三島は次作も書くべきだ」と私に話していた。安部も海外にファンが多く、その点は三島と共通している。日本で売れていれば、三島は新境地を開いていたかもしれない。

三島とは多くの思い出がある。三島は「気楽な言葉で話そう」と私に提案したことがある。だが、本で日本語を覚えた私はくだけた表現が使えず、断ってしまった。三島がペンでサラサラと原稿を書くところを、目の前で見たこともあった。いつも書き損じがなく、まるでモーツァルトの楽譜のようで、それ自体が美しい作品だった。三島の天才たるゆえんだろう。

三島とは、手紙で頻繁にやりとりしたが、ある時から「怒鳴門鬼韻《どなるどきいん》様」と当て字で書いてきた。そこで、私は仕返しに「魅死魔幽鬼夫《みしまゆきお》様」と書いたりもした。

三島は七〇年十一月二十五日に自決した。その直後、ニューヨークで翌十一月二十六日の消印が付いた三島からの航空便を受け取った。自決直前に書き、机の上に置いてあった封書を、夫人が投函《とうかん》してくれたのだ。そこには「小生たうとう名前どほり魅死魔幽鬼夫になりました。キーンさんの訓読は学問的に正に正確でした」。もちろん冗談だったのだが、その命名の痛みは、いまだに癒えない。

地元商店街で本を買うキーンさん＝2012年11月、東京都北区

富士山に導かれ

［二〇一三年一月一日］

初夢といえば「一富士二鷹《たか》三茄子《なすび》」。日本人が愛する富士山を、私が初めて見たのは終戦直後の一九四五年十二月だった。米海軍の語学士官だった私は、横須賀から東京湾を横切り、木更津に向かう上陸用舟艇に乗っていた。木更津で大型船に乗り換え、ホノルルに向かうことになっていた。

夜明け前で暗く寒い中、エンジン音が響く。私は旅立ちの感傷に浸っていた。すると舟尾の地平線に雪をかぶった富士山が突然、浮かび上がった。緩やかな稜線《りょうせん》が朝日に照らされ桃色に輝く。まるで葛飾北斎の版画だ。光の加減で色が刻々と変わり、私は感動で目を潤ませていた。

今だから白状しよう。これには裏話がある。その直前、私は派遣先の中国で原隊のあるホノルルへ戻るよう命じられ、上海から飛行機に乗った。その飛行機が、経由地の神奈川県厚木に到着した。命令通りなら、そのままホノルルに向かうはずだった。しかし、せっかく日本の土を踏んだばかり。すぐに離れたくはない。出迎えた係官に「原隊は横須賀」と、とっさにウソをついて残ったのだ。

日本でやることもあった。ハワイの捕虜収容所で知り合った日本人の家族に、夫や息子の無事を伝えたかった。東京・四谷の焼け野原を歩き、吉祥寺や鎌倉にも行った。

米軍の軍服を着た私の訪問に、悲鳴を上げられたこともあった。だが、用件を伝えると、奮発して貴重な砂糖を何杯も入れた、甘すぎる紅茶を出されたりもした。そうこうしているうちに一週間。ウソがばれないか心配になり「横須賀は勘違い。原隊はホノルル」と申し出た。即座に原隊復帰となり、その上陸用舟艇に乗ることになったのだ。そのいたずらな一週間があったから、富士山を拝めることができた。何という、巡り合わせだろう。私は聞いたことがあった。「日本を去る直前に富士山を見ると再び日本に戻れる」と。

ニューヨークに帰ってからも、私は日本に戻りたくて仕方なかった。日本に関係のある会社を片っ端から訪ねてみた。だが、荒廃した日本に仕事はない。東京裁判の通訳に誘われたが、捕虜の尋問で嫌な思いをしたこともあり、悩んだ揚げ句に断った。

再び日本の土を踏んだのは、その八年後の五三年。奨学金で京都大学大学院に留学した。

あこがれの地で日本文学研究は進み、夢のような二年間だった。留学生活は、谷崎潤一郎が開いてくれたお別れ会で締めくくられた。

帰国便に乗った時のことは、今でも覚えている。私は永井荷風の『すみだ川』を読み、その美しい日本語に涙を流した。当時の状況から「もう日本に来ることはない。そんな金は得られやしない」と思ったからだ。

ところが、不思議なもので翌五六年には、米誌ニューズウィークが旅費を出してくれて東京へ。石原慎太郎の『太陽の季節』などについて記事にした。五七年には東京と京都で開催の「国際ペンクラブ大会」の米国代表に選ばれた。後のノーベル賞作家ジョン・スタインベックらそうそうたる代表団の一員となったのは、私が日本語を使えるからだった。大会では、私がハワイで尋問した元捕虜の記者と出くわし、ネタをこっそり提供した。

今や私は日本人。自宅マンションからは、西の空に富士山がよく見える。空が澄む正月に見える富士山たるや、ほれぼれとするばかりだ。安部公房に車で富士山の麓に連れて行ってもらったこともある。日本人のように恥ずかしがり屋の富士山は、最初に見せてくれたあの姿を再びは見せてくれない。だが、あの時の富士山が私を今に導いてくれたのではと思うことがある。

小田実の『玉砕』

［二〇一三年二月三日］

先日、出版社の計らいで作家、小田実の妻、玄順恵《ヒョンスンヒエ》さんと対談した。「ベトナムに平和を！　市民連合（べ平連）」で知られる小田は五年半前に亡くなったが、その半世紀近く前に知り合い、長い親交があった。玄さんとの話は弾み、予定時間を大きくすぎて夕食もご一緒してしまった。

小田と初めて会ったのは一九五九年、米ニューヨークだった。奨学金でのハーバード大学大学院留学を終えた小田が、私を訪ねてきた。私の記憶では近くの中華料理店に行ったのだが、小田の日記には「手料理を振る舞われた」とあるそうだ。おそらく、それが正しいのだろう。

小田の著作『何でも見てやろう』は歴史に残るベストセラーとなったが、玄さんによると、その執筆には、私の影響があったという。私は、江戸時代や明治時代の日本人の西洋に対する見方の変遷を調べて『日本人の西洋発見』を五二年にロンドンで出版した。その邦訳が五七年に出た。その初版本を小田が読んで海外への関心を深め、留学したそうだ。そんな経験が小田のベストセラーにつながっている。

玄さんは、私も持っていない初版本を持参して、見せてくれた。こそばゆいが、私がベストセラー誕生に一役買ったのなら幸いだ。

逆に、私が影響を受けた小田作品は九八年の『玉砕』だ。太平洋戦争でパラオ諸島のペリリュー島で全滅した日本軍が題材だった。私は米海軍に語学士官として従軍し、日本軍が初めて玉砕したとされるアリューシャン列島のアッツ島での闘いを間近に見た。私は銃を持たず、誰も傷つけはしなかったが、凍《い》てつくような寒さの中、生まれて初めて、自らの胸に手榴弾をたたき付けて自決した、ろう人形のような死体を見た。その悲惨な光景は今でも覚えている。

『玉砕』を読んで、私自身の記憶がよみがえり「これを英訳して、世界に伝えるべきだ」と思った。小説を英訳したのは、その三十五年前の三島由紀夫の『宴のあと』以来だった。英訳本は二〇〇三年にニューヨークで出版され、それを原作としたラジオ・ドラマ『Gyokusai, The Breaking Jewel』が、広島に原爆が投下されてちょうど六十年の〇五年八月六日に英ＢＢＣワールド・サービスで流された。世界で四千万人以上が聴いたそうだ。

日本軍の玉砕は、理解できないことばかりだった。最後の手りゅう弾を敵に投げるのではなく、なぜ自爆するために使ったのか……。「生きて虜囚の辱めを受けず」と洗脳され、信じていたようだが、それは日本の伝統でも何でもない。私が歴史を遡って調べたところ、それから四十年程前の日露戦争では多くの日本兵が捕虜となり、彼らはそれを恥辱とは思わず、戦後は日本に帰還していた。

私が見たアッツ島は戦略上、重要な拠点ではなかった。その証拠に、近くのキスカ島から日本軍は何の抵抗もせずに退却していた。アッツ島からも、玉砕せずに退却できたはずだ。ペリリュー島でも戦略上、不要となってからも抵抗は続いた。

米兵が「バンザイ突撃」と呼んだ玉砕。何のために、どうして玉砕したのか——。玄さんと久しぶりにお会いして、もう一度、小田に聞いてみたくなった。

被災地を思い続ける

［二〇一三年三月三日］

東日本大震災から今月で二年になる。死者・行方不明者が二万人近い、かつてない大災害だったにもかかわらず、東京で暮らしていると、人々の被災者への思いが「少しずつ風化しているのでは」と感じることがある。多くの被災者は今、どうしているのだろうか。大震災で家を失い、家族を亡くした被災者たちが、泣き叫ぶでもなく、静かに辛抱強く、支え合って生きている姿は、私に太平洋戦争前後の人気作家、高見順の言葉を思い出させた。

高見は一九四五年三月の東京大空襲直後の上野駅で、全てを失った戦災者が、それでも秩序正しく、健気《けなげ》に疎開列車を待っている様子に「こうした人々と共に生き、共に死にたいと思った」と日記に残した。被災者の姿に、私も、その当時の高見と同じ気持ちになっていた。

私は日本人になって一年になる。以前からの日本への愛、日本人への尊敬の念は今も全く変わらない。ただ、震災後の日本には、少しがっかりさせられている。

日本は天災が多い国だが『方丈記』や『源氏物語』などを除けば文学作品に天災は出てこない。悲惨な記憶は残したくないからかもしれない。日本では忘年会が盛んで、「過去を忘れる」というのは未来志向の知恵ではある。だが、今も、多くの被災者が仮設住宅で生活し、原発事故からの避難を続けている多くの人々もいる。震災は現在進行形なのだ。

五七年に東京と京都で開かれた国際ペンクラブ大会で、私は高見と知り合った。以来、著書を送ってくれた高見は、戦災者に感銘を受ける一方で、権力を持った日本人の傍若無人ぶりには失望していた。それにも、私は共感する。

被災地の復興予算が「復興とは無関係の事業に流用されていた」と東京新聞や英ＢＢＣ放送などが報じた。官庁の役人たちは震災を忘れてしまったのだろうか……。被災者の冷静な行動で大きく上がった日本の国際イメージが、傷ついてしまった。

先日お会いした、英国生まれで日本国籍を取得した作家のＣ・Ｗ・ニコルさんは、宮城県東松島市の高台に復興の森を作り、学校を建設する計画を進めている。日本の有力な政財界人に復興に直接、手を貸している人がどれほどいるのだろうか。

原発事故についてもそうだ。「原発は安全」と私たちをだましてきた。ウソがばれたのに、まだ事故の検証も終わらぬまま本格的な再稼働に向けて動きだした。「二〇三〇年代に原発稼働ゼロ」も揺らいでいる。東京では夜の明るさが震災前に戻っているが、原発に頼らないための節電はどうなってしまったのか。

高見は日本の敗戦についてこう書いた。「今日のような惨憺《さんたん》たる敗戦にまで至らなくてもなんとか解決の途《みち》はあったはずだ。その点について私らもまた努むべきことがあったはずだ。それをしなかった。そのことを深く恥じねばならぬ」

今、私たちにできることはあるはずだ。

私の「センセイ」

［二〇一三年四月七日］

母校コロンビア大学で講演を依頼され、先月、米ニューヨークに行ってきた。ちょうどその一年前に日本国籍を取得した私には、赤い日本のパスポートを持っての初めての訪米だった。ニューヨーク州とニュージャージー州の境界を流れるハドソン川を臨む部屋を、一昨年八月に引き払って以来のニューヨークである。

講演会で私は「学士、修士、博士号をコロンビア大で取得した。そして、ここで教え続けた本物のコロンビアン」と紹介された。そんな私には、ニューヨークにたくさんの思い出がある。

コロンビア大学には、三島由紀夫や司馬遼太郎ら多くの作家が訪ねてくれた。面白く思い出されるのは、一九六四年の安部公房だ。初対面だった安部は、私が日本語をしゃべれるのに、若い女性の通訳を連れてきた。それが私には不快で、プイと横を向いて通訳を無視した。悪印象を与えたようで安部は私を「薬物中毒」と思ったそうだ。後に親しくなり、私の後押しもあってコロンビア大学の名誉博士号を取得した安部との間では、とんだ笑い話となったが、その通訳だった女性はオノ・ヨーコだったと聞いた。

今回のニューヨーク訪問で、最初に会ったのは、著名ジャーナリスト、ジョン・ガンサーの妻ジェーンだった。ジョンがジェーンを連れて、ソ連の首相だったフルシチョフと会ったときに、いの一番に「米国の男性は誰でも、こんな美人を妻にしているのか」と聞かれたという逸話の主だ。

ジェーンには、五〇年代に元女優のグレタ・ガルボを芝居に連れて行くよう頼まれたことがある。芝居は確か『アンネの日記』だった。ガルボは初期ハリウッドの伝説的な美人女優で、引退してはいたが、依然としてオーラをまとっているかのようだった。彼女だと分からないように、人目をはばかりながらの観劇だった。

しかし、何といっても深く思い出されたのは角田《つのだ》柳作先生だ。一八七七年生まれで、学生としてお会いしたときに既に六十代だった。質実剛健で日本的美徳をまとった人だった。コロンビア大学在学時、私は彼の「日本思想史」を受講したことがある。太平洋戦争前夜で対日感情の悪化もあり、受講希望者は私だけ。「一人のためでは申し訳ない」と辞退を申し出た。だが、角田先生に「一人いれば十分です」と諭された。

角田先生は、私のために講義前に黒板にビッシリと書き込んで準備した。ノートを見ずに空《そら》で講義した。教壇の机にはたくさんの本を置き、どんな質問にも答えられるようにしていた。日本について学ぼうとした学生たちからは尊敬され、引退の機会は何度かあったが、そのつど、学生の要望で留《とど》まり、八十七歳で亡くなる直前まで教えつづけた。コロンビア大学では日本語で「センセイ」と言えば、彼のことだった。

専門は日本思想史だったが、日本に関連することは何でも教えてくれた。私が『おくのほそ道』を初めて習ったのはセンセイ。『方丈記』や『徒然草』も教えてくれた。センセイは、戦中にスパイ容疑で逮捕されたこともあり、日米のはざまで苦悩もあっただろう。だが、そんなことをおくびにも出さなかった。

「米国で日本の理解が少しでも進むように」と戦前から奔走したセンセイは、「私はまだ生徒ですから」と最期まで謙虚に学び続けた。昨年、卒寿を迎えた私が、今も研究活動を続けているのは、その薫陶《くんとう》のおかげでもある。

日本兵の日記

［二〇一三年五月十二日］

米ニューヨークでの講演からの帰り道、私が日本語を習った米海軍語学校があったカリフォルニア大バークリー校を訪ねた。卒業以来、七十年ぶり。どの校舎が語学校だったか定かではなく、学内の警察官に尋ねた。すると「そんな学校があったのか」と逆に聞かれた。結局は特定できなかったが、大時計が付いた塔には見覚えがある。確かに私はここにいた。

日米開戦直後、ラジオで「日本語ができる米国人は五十人」と聞いた。実際には米本土に日系人が数万人いて、間違ってはいたが、私は信じてしまった。誰からか海軍語学校の話を聞き、面接を経て一九四二年二月に入学した。同期生は三十人ほど。日系人はおらず、語学の習熟能力で選ばれた有名大学の上位５％の学生ばかりだった。

クラスはレベル別に六人以下の少人数制。教師陣はほとんどが日系人で授業は一日四時間だった。休みは日曜日だけ。予習、復習で一日四、五時間はかかる猛特訓だった。戦中、日系人が強制収容されるようになると、日系人社会には強い反米意識が芽生え、その中で日系の教師たちは「米国のために働くのか」と非難されていた。心中は複雑だっただろう。中には黒板に「亜細亜は亜細亜人に」と日本軍の標語を書いて、解雇された教師もいた。だが、ほとんどの教師は熱心に教えてくれた。

後で分かったことだが、欧州戦線で活躍した日系人部隊まであった陸軍と違い、海軍は日系人を信用せず、入隊を許さなかった。しかし、日本語が分かる人材は必要だ。そこで、日系人ではない日本語の通訳を養成していたのだ。語学校卒業生にはエドワード・サイデンステッカーやオーティス・ケーリら、その後に日米の懸け橋となった人材もいた。

入学当時、私は日本語をほとんど話せなかった。だが、性にあったようで、十一カ月後には、総代として日本語で告別の辞を述べ、ハワイの真珠湾の基地に派遣された。最初の指令は「回収した日本軍の文書の翻訳」だった。開戦から破竹の勢いで南方展開した日本軍。転機の一つが、四二年八月の「ガダルカナル島の戦い」での大敗だった。同島から届いた文書には、血痕が残り、異臭を発していた日記もあった。

米軍は情報流出を恐れて、兵士が日記を書くことを禁じていた。一方、日本軍は毎年元日に日記を支給。日本兵は上司検閲の下、「挙国一致」「遂げよ聖戦」といった戦意高揚のための勇ましい文章を書かされていた。だが、戦況が悪化し、米軍からの攻撃だけでなく、戦友がマラリアにうなされ、飢餓で動けなくなり――。ガダルカナル島からの日記には、押し殺していた死への恐怖、望郷の念、家族への思いがあふれ出ていた。それに心動かないはずがない。初めて心通わせた日本人たちだった。

最後のページに英語で「戦争が終わったら、家族に届けてほしい」と書かれた日記があった。せめて、それをかなえてあげようと、机に隠しておいたが、調べられて没収された。痛恨の極みである。

海軍では武器を手にしない語学士官は士官扱いされず、見下された。そんな組織としての体質に違和感を持っていた私は、敵だった日本兵の最期の言葉に思わぬ感銘を受け、「この戦争は日本が勝つべきではないのか」とまで、思ったこともあった。没収された日記の行方は、いまだに気にかかっている。

ケンブリッジ大学での講義

［二〇一三年六月二日］

私には十五年前から年に一度の恒例行事がある。大型客船「飛鳥II」による航海だ。世界一周ツアーの一部にあたる約二週間の航海に、「船上での何度かの講演」を条件に招待されている。今年は五月末にイスタンブールに飛び、そこから乗船。今、船旅の最中だ。

イスタンブールにはほろ苦い思い出がある。六十二年前の一九五一年、英ケンブリッジ大学に留学中の私は近松門左衛門の『国性爺合戦《こくせんやかっせん》』の英訳本を解説付きで出版した。思い入れのある私の最初の著作で、ちょうどその出版時、私はイスタンブールで国際東洋学会に出ていた。

初めてのイスラム圏の訪問だった。古い木造建築が多く、モスクは美しい。見るもの珍しくて一カ月ほども滞在した。その間、私は自著が「英国中の書店に並べられている」と勝手な想像でワクワクしていたのだ。だが、戻ってみると、どの書店にも置かれていない。出版元からは「今のペースでは、印刷した千冊を売り切るまでに七十二年」と連絡が来た。私が愛する日本の古典への英国人の無関心ぶりに、これ以上ないほど落胆した。

翌五二年には、もっと悲惨な思いをした。同大で日本文学の公開講義を開くことになった。「分かりやすく、面白い内容で」と意気込んで会場に入ったが、二百人は入れる大講義室に聴衆は十人ほど。しかも、全員が知り合いだった。

太平洋戦争中、ケンブリッジ出身の多くの英兵が日本軍の捕虜となり、当時のビルマなどで橋を架ける重労働に酷使された。地元の反日感情は強く、知り合いたちは「誰も来ないのでは……」と心配して、来てくれたのだ。私はひどく傷ついた。

留学中、私は頼まれて、ケンブリッジ大学の学生に日本語を教えていた。その後、「東洋の他の言語も教えられないか」と聞かれ、「海軍時代に朝鮮半島出身の捕虜から朝鮮語を少し習った。あいさつ程度なら」と答えると「それでいい」。それでも、朝鮮戦争の影響で意外に多くの受講者はいた。その中の一人が、後にロンドン大学で朝鮮語の教授になり、私は自分が「英国の朝鮮研究の父」だと密かに思っている。

だが、肝心の日本語の講義は不人気。一年間の講義で、学生からの質問は「もう一度言ってください。『フィフティーン(15)』ですか『フィフティ(50)』ですか？」だけだった。太平洋戦争直後、日本はその荒廃ぶりから「復興に五十年はかかる」と言われ、米国の大学には日本文化はおろか、日本語を教えるポストはなかった。私は「ジャパノロジストを目指すのは止めよう」と思ったこともある。思い直して、ケンブリッジに留学したが、さすがに「もう止めよう」と決心した。

実際、ロシア語を習い、ロシアを専門分野にしようとした。ところが、どういう訳か覚えられない。その時に、頭に浮かんだのは、芭蕉の『笈の小道』の一節。「つゐに無芸無能にして只此一筋に繋る」。私には日本研究しかないのだと。

ケンブリッジ時代には、私が講演者として大型客船の世界一周航海に招待されることなど夢にも思わなかった。私は、自分はつくづく幸運だと思う。だが、その幸運は、紛れもなく芭蕉の教えがもたらしてくれたのだ。私は芭蕉と同じ体験をしようと「おくのほそ道」を巡る旅をしたことがある。私をその旅に導いてくれた芭蕉は、私にとって「人生の旅」の師でもあった。

古浄瑠璃の地、柏崎になぜ原発

［二〇一三年七月七日］

私は先月、九十一歳になった。日本では、高齢者はおしなべて大切にされ、私も恩恵を受けている。だが、こと「古いもの」となると話は別である。古典を愛する私には、どうも日本人が「古い日本」の良さを、十分に認識していないような気がしてならないのだ。

一例が、近松門左衛門が活躍する以前の江戸時代初期の古浄瑠璃本『越後国柏崎　弘知《こうち》法印《ほういん》御伝記《ごでんき》』だ。『御伝記』は、裕福な家に生まれたほうとう息子が妻の死を契機に出家し、修行の末に即身仏になる物語。浄瑠璃の歴史上、貴重な資料である。それが、三百年以上も前から保管されていたのは日本ではなく、ロンドンの大英博物館だった。

『御伝記』は十四世紀に即身仏となり、今も新潟県長岡市の西生寺に安置されている弘智《こうち》法印がモデル。一六八五年に江戸で刷られ、ドイツ人医師のエンゲルベルト・ケンペルが長崎から持ち出したとされる。大英博物館の蔵書となり、それを一九六二年、英ケンブリッジ大学に留学中だった早稲田大学名誉教授の鳥越文蔵が見つけた。その『御伝記』を元に、文楽の三味線弾きで活躍した越後角太夫が中心となって四年前に再現して上演した。江戸時代初期の大衆娯楽が体感でき、大好評だった。

だが、『御伝記』をケンペルが持ち出されなければ、持ち出しても大英博物館が保管していなければ、さらには鳥越が気付かず、角太夫が上演しなければ、古浄瑠璃は永遠に日の目を見なかったのだ。

私は五三年に京都大学大学院に留学した。当時の楽しみの一つが文楽や能の観劇だった。さらには、「体験することで日本文化に触れよう」と狂言の稽古をした。東京・品川の喜多能楽堂で谷崎潤一郎や川端康成らが見守る中、『千鳥』の太郎冠者《かじゃ》を演じもした。だが、太平洋戦争敗戦の影響か「古い日本」は否定されがちで、当時から伝統芸能は「いずれは姿を消す」ともいわれていた。

五七年に日本で国際ペンクラブ大会が開かれた。大会期間中、私が一員だった米国の他、各国の代表団が能を鑑賞した時のことだ。寄ってきた記者からの最初の質問は「退屈したでしょう?」。また、三島由紀夫の近代能がニューヨークで話題となった時に、ある特派員から取材を受け「能とは何ですか?」と聞かれた。冗談を言っているのかと思ったが、そうではなく、能の知識がなかったのだ。私はあぜんとした。欧米の文化吸収に忙しく、世界に誇る日本の伝統芸能を忘れていたのだろうか。

戦後七十年近くたった今も、状況はあまり変わっていない。大阪市では昨年、文楽への補助金削減が打ち出され、物議を醸したばかりだ。

私のように日本の伝統芸能に夢中になる人は、海外に少なくない。私は六六年に、自らが興行師となって能の一行を日本から招待し、スポンサーを募って米国とメキシコで三十六回ほどの上演ツアーを主催した。大成功だった。

『越後国柏崎　弘知法印御伝記』はゆかりの地、新潟県柏崎市でも上演された。今、柏崎といえば、過疎地に立地されがちな原発が連想される。だが、古浄瑠璃の舞台となったことからも分かるように、昔から豊かな文化があった場所だ。日本はどこでボタンを掛け違え、なぜ柏崎は原発を受け入れることになったのだろうか。まだ、やり直しはできるはずだ。

原爆投下の機密

［二〇一三年八月三日］

広島と長崎に原爆が落とされ、玉音放送が流されたのは一九四五年八月。日本では、毎年八月になると新聞やテレビがこぞって、太平洋戦争を特集する。「八月ジャーナリズム」と聞いたことがある。「ジー、ジー」「ミーン、ミーン」とせみ時雨が暑苦しいこの季節には、私も「ある事件」を思い出す。

四五年七月。米海軍の語学士官だった私は、沖縄上陸作戦中に投降してきた日本兵ら約千人の捕虜を連れて空母でハワイへ向かうよう命じられた。その途中に寄港したサイパン島で事件はあった。将校クラブで、近くのテニアン島から来ていたパイロットが酔って、大声でしゃべっていた。「戦争はあと一カ月で終わる。賭けないか」と。

パイロットたちは、概してお高くとまっていて誇張癖もあり、私は信用していなかった。それに、一方の日本軍は「本土決戦」とまくし立てていた。物資面で米軍が圧倒的だった沖縄上陸作戦でさえ、全島を占領するまでに四カ月はかかった。「これから九州上陸か」と、うんざりしながらも多くの米兵は「戦争はまだ続く」と思っていた。誰もパイロットを相手にはしなかった。だが、パイロットは知っていたのだ。米ニューメキシコ州ロスアラモスの研究所で開発された原爆がテニアン島に届き、B29爆撃機「エノラ・ゲイ」が投下準備をしていたという最高機密を。

私は同年八月第一週にハワイに到着した。その夜、奇妙な夢を見た。新聞売りの少年が「号外、号外」と叫んでいた。何とはなく「虫の知らせ」を感じてラジオをつけると「広島に原爆投下」と報じていた。日本人捕虜の収容所に行くと、広島が壊滅的打撃を受けたことは知られていて「よかった。これで戦争が終わる」と言う捕虜もいた。

その午後、真珠湾にある司令部にハワイへの帰還の報告に行った。司令官は私に「貴官は海外勤務を十分に果たした。帰郷休暇をとる資格がある」と言った。ただ、「終戦は近い」という認識があったのだろう、「日本に行く気はないか」と付け加えた。私は即座に日本行きに同意した。

私は、軍用機で西に向かい、グアム島で待機することになった。そこで、今度は長崎への原爆投下を知った。まとわり付く熱気と湿気に汗を滴らせながらラジオを聞いたが、ショックだったことがあった。二つ目の原爆投下について、トルーマン大統領が「jubilantly（喜々として）」発表した、というくだりだ。

　広島にしても、長崎にしても、十万人を超える市民が、熱風と爆風、そして放射能の犠牲となった。その時の被爆で、六十八年たった今も苦しんでいる人たちがいる。当時、米軍側では原爆被害の詳細を分かっていなかったが、それにしてもその威力は絶大で広島へ投下後、終戦は時間の問題だった。なぜ、原爆を二度も投下する必要があったのか、正当化できる理由は何も考えられず、私は深く思い悩んだ。

　その六日後だった。ひどい雑音に混じってラジオから流れてくる玉音放送を聞いた。文語調の言葉で私は内容がよく分からなかったが、一緒にいた日本人捕虜は涙を流していた。

地元商店街で花を選ぶキーンさん＝2015年2月、東京都北区

伊勢神宮の式年遷宮

［二〇一三年九月八日］

今年は伊勢神宮（三重県伊勢市）の社殿が二十年に一度、建て替えられる式年遷宮《せんぐう》の年。私は先月、遷宮行事の一環の「お白石持行事《しらいしもち》」に参加した。白石を積んだ奉曳車《ほうえい》の綱引きは遠慮したが、夕方、宇治橋で白石を受け取り、まとわり付く熱気に汗をにじませながら、一キロ強を歩いて新社殿に納めた。二拝二拍手一拝。西の空に三日月が浮かび、千三百年以上も前から続く伝統行事の重みを感じた。

私はこれまでに「ご神体」を新社殿に移す、遷宮の一番重要な儀式「遷御《せんぎょ》」を三回拝観した。最初は京都大学大学院に留学した一九五三年。『おくのほそ道』で松尾芭蕉が最後に向かった伊勢の遷宮があると知り、見たくなった。何のあてもなかったが、下宿近くの北野天満宮に押しかけた。神道の信者でもないのに、宮司は聞き入れてくれ、寛大な計らいで招待された。

見渡す限り外国人は私だけ。私は、紋付きもモーニングも持っておらず、スーツ姿で少々気まずかった。だが、終戦からまだ八年。唐草模様の風呂敷で作ったスカート姿の女性など粗末な服装の参列者もいた。ただ、神聖な空気に誰ひとり声も出さず、シーンと静まり返っていた。

薄暗くなってから儀式は始まった。古い社殿から新社殿へ、行列は一歩一歩進んだ。最後に「ご神体」が入った絹の幕が通った時だった。不思議なことが起きた。参列者たちの拍手の波が、幕に合わせて横へ、横へと流れていった。幕の中に本当に「ご神体」があるのかどうかは問題ではない。何もなくても、参列者たちの心には神がいたのだ。私が日本で見た祭りの中で一番感激した瞬間だった。

七三年には駐日大使など外国人ばかりの席に案内された。日本人と時間を共有したかった私はがっかりした。ただ、二十年前と違い、参列者は皆、豊かな身なりだった。その年、私はどこに宿泊したか覚えていない。だが、老舗の麻吉《あさきち》旅館のようだ。遷御の翌日の日付で私が一句詠んだ色紙が残っていた。

「涼しさや　祭りの後乃《の》　秋の朝」。女将《おかみ》が四十年も色紙を保管していてくれた。「芭蕉の影響を受けたなかなかの句」と恥ずかしながら自賛しておこう。

九三年は、司馬遼太郎と一緒に参列した。参列者たちはおしゃべりに熱中したり、中には飲酒したりする者もいて職員にとがめられていた。以前と雰囲気は大きく変わった。豊かさと反比例して、日本人が持つ高い精神性が衰えたかのようで残念だった。

私が最初に拝観したのは、日本が五二年に独立を回復して初めての遷宮だった。今回は私が昨年、日本人になって初めてとなる。西欧文化では神殿に永遠を求めて大理石などで造るが、二十年ごとにヒノキで建て替える伊勢神宮には日本特有の清浄という感覚がある。まっさらになり原点に立ち返ることで、伝統が続いていく。遺跡の神殿とは違って、歴史が生きているのだ。

一昨年三月の東日本大震災、そして福島原発の事故――。多くの被災者がいまだに厳しい現実に直面している。だが、この国は、新社殿のようにまっさらになって必ず立ち直る。十月の遷御を前に、そう確信している。

ノーベル賞と三島、川端の死

［二〇一三年十月六日］

五輪の東京開催が決まり、作家の三島由紀夫を思い出した。一九六四年の東京五輪。三島は新聞社から原稿を依頼され、競技会場に足を運んでいた。ニューヨークの私に届いた航空便には「重量挙《じゅうりょうあげ》のスリルなどは、どんなスリラー劇もかなはない」と書かれ、興奮ぶりが伝わってきた。そして端的に勝敗が決まり、敗者が勝者をたたえる美しさにこうも書いていた。

「文学にもかういふ明快なものがほしい、と切に思ひました。たとえば、僕は自分では、Aなる作家は二位、Bなる作家は三位、僕は一位と思つてゐても、世間は必ずしもさう思つてくれない」

既に国内外で作品は知られ、三島は海外で最も有名な日本人の一人だった。だが、その証しが欲しかったのだろう。最高の栄誉、ノーベル文学賞が欲しいのだと私は直感した。

三島は自分の作品が数多く翻訳されれば、されるほど賞に近づくと信じていたようで、私にしばしば自著の翻訳を依頼した。私が安部公房の作品を先に英訳したときなどは「僕の小説を先に翻訳する倫理的な義務がある」とまで不快感を伝えてきた。

戦後の混乱から落ち着いた六〇年代は、日本文学が世界的に注目された時代だった。『金閣寺』を読んだ当時の国連事務総長ダグ・ハマーショルドが三島を高く評価し、六一年にノーベル賞の選考委員会に推薦した。その影響は大きく、三島は毎年、候補者として名が挙がるようになっていた。

当時、私はノーベル賞に次ぐ栄誉とされていたフォルメントール賞の審査員だった。毎年、三島を強く推したが、いつも次点止まりで私は落胆してばかりだった。だが、六七年の審査会直後だった。スウェーデンの一流出版社ボニエール社の重役が私に「三島は間もなく、もっと重要な賞を受けるだろう」と言い残した。それは、ノーベル賞以外にありえなかった。ところが、翌六八年に日本人初の文学賞を受賞したのは川端康成だった。

後日談がある。七〇年、コペンハーゲンで地元大学の教授に招かれての夕食会だった。その場にいたデンマーク人作家ケルビン・リンデマンが「私が川端に勝たせた」と言い出したのだ。リンデマンは五七年の国際ペンクラブ大会への出席で二、三週間、日本に滞在したことがあった。それだけで北欧では「日本文学に詳しい」とされ、選考委員会に意見を求められたそうだ。当時四十三歳の三島に「若い。だから左翼的」と理不尽で、しかも誤った論評で反対し、六十九歳の川端が年齢的にふさわしいと推薦した――というのだ。

真偽は分からない。だが、川端の受賞で次に日本人が受賞するには二十年は待たなければならない――と落胆した三島は『豊饒《ほうじょう》の海』を集大成として書き残し、七〇年十一月に自決した。三島の文壇デビューを支え「自分の名が残るとすれば三島を見いだした人物として」と話していた川端が葬儀委員長だった。

川端は、疑いなくノーベル賞に値する大作家である。だが、受賞後は思ったような作品を書けず、七二年四月に自殺が報じられた。大岡昇平によれば、ノーベル賞が二人を殺したのだ。

『源氏物語』との出会い

［二〇一三年十一月三日］

今月一日は「古典の日」だ。「古典に親しもう」という思いを込めて昨年、法制化された。日本には素晴らしい古典が多々ある。その一つ『紫式部日記』には、一〇〇八年十一月一日に『源氏物語』についての最古の記載がある。それにちなんだ記念日だ。私の日本文学研究の旅も一九四〇年のちょうど今ごろ、思わぬ出来事で始まった。

当時、十八歳の私はナチス・ドイツの脅威に憂鬱《ゆううつ》だった。ナチスはポーランドに侵攻し、フランスも占領していた。第一次世界大戦で出征した父が大の戦争嫌いで私も徹底した平和主義者。「war（戦争）」の項目を見たくないので百科事典の「w」のページは開かないようにしていた。ナチスの記事が載った新聞を読むのは苦痛だった。

そんなある日、私は米ニューヨークのタイムズスクエアでふらりと書店に入った。目についたのがアーサー・ウエーリ訳の『源氏物語』。日本に文学があることすら知らなかったが、特売品で厚さの割に四十九セントと安く、掘り出し物に映った。それだけが買った理由だった。

ところが、意外にも夢中になった。暴力は存在せず、「美」だけが価値基準の世界。光源氏は美しい袖を見ただけで女性にほれ、恋文には歌を詠む。次々と恋をするが、どの女性も忘れず、深い悲しみも知っていた。私はそれを読むことで、不愉快な現実から逃避していた。

『源氏物語』のテーマは普遍的で言葉の壁を越える。日本人が思う以上に海外での評価は高く、十カ国語以上に翻訳されている。英訳もウエーリ訳のほか、日本文学研究者のエドワード・サイデンステッカー訳と私の教え子のロイヤル・タイラー訳がある。その中でも、私にはウエーリ訳が一番だ。

私の尊敬する翻訳家ウエーリは特異な天才だった。日本語を含め複数の言語をいとも簡単に独学で習得し、『枕草子』など多くを英訳した。ロンドン在住で日本政府に招請されたが「平安朝の日本にしか関心がない」と応じず、日本には一度も来なかった。

ウエーリは原文の文章を一度読んでは少し考え、後は確認せずに訳した。原文と英訳が大体同じなら、そのままにした。その方が自然な英語になるからだ。実際には不正確な訳もあり、サイデンステッカー訳やタイラー訳の方が原文に忠実なのだが、どうしても翻訳色が抜けない。その点、ウエーリ訳は英文小説として傑作なのだ。

『源氏物語』の現代日本語訳はいくつかあり、谷崎潤一郎訳が有名だ。私はウエーリの英訳と谷崎の現代語訳を比較し「ウエーリが優れている」と日本の文芸誌に書いたことがある。だが、谷崎に不愉快な思いをさせてはいないかと気になって、谷崎にわび状を書いた。返信には「何も気にかけてをりません」。私はホッとした。

谷崎は『源氏物語』に影響を受けたようで「源氏を現代語訳しなければ『細雪《ささめゆき》』もなかったのでは」ともいわれている。終戦直後の四八年ごろだったと思う。谷崎は上中下の三冊本の『細雪』にサインしてウエーリに送った。日本の現代文学には無関心だったウエーリは読むには読んだが、食指は動かなかったようで、三冊本を私にくれた。私は『細雪』を傑作だと思った。だが、谷崎の「私の『源氏』も訳してほしい」という願いはウエーリには届かなかった。

沖縄戦と日系人ジロー

［二〇一三年十二月十五日］

米ホノルルから航空便が届いた。一九四五年四月、米軍の沖縄上陸作戦に私が参加した時の部下からだった。「ジロー」と呼ばれた日系二世の比嘉武二郎。私より一つ年下の九十歳からの手紙には元気な近況がつづられ「Aloha from Hawaii」とあった。枯れ葉舞う東京に届いたハワイからの温かい手紙に、ほおがゆるんだ。

沖縄上陸はよく覚えている。日本軍は南部に戦力を集中していて、私たちは何の攻撃も受けずに中部の読谷村に上陸した。その一週間後だった。陸軍の第九六歩兵師団が通訳士官を求めていた。海軍の語学士官だった私が志願すると、十人ほどの日系人の通訳を部下につけられた。その一人がジローだった。

ジローは両親が沖縄出身で移民先のハワイで生まれた。家族の都合で幼少年期を沖縄で過ごし、十六歳で再びハワイへ。七十二年前の今月七日（現地時間）は、ホノルルのレストランで皿洗いのアルバイトをしていた。日本軍の真珠湾攻撃の爆音は聞こえたが、敵から攻撃されているとは思わず、「今日の演習は派手だな」と思っていたそうだ。

私は沖縄で方言が分からず苦労した。その点、完璧だったジローがある日「伯母の家でお昼を食べよう」と誘ってきた。何の気なしに応じたが、不思議な体験だった。日米が交戦する最前線からほんの数キロ離れた日本人民家で、私たち米兵が歓待されたのだ。無理して準備してくれただろう食事はありがたくいただいた。ただ、吸い物だけは口に合わず、飲み干すのに冷や汗が出た。お代わりを勧められて困惑したことは、忘れられない思い出だ。最後に一つだけ覚えた方言で「クワッチーサビタン（ごちそうさま）」。

英語はうまくなかったジローだが、日本人を「ジャップ」とさげすんで呼び、米兵が好む簡単な常とう句をしたり顔で使い、妙に陽気に振る舞っていた。当時、ハワイで日系人は肩身が狭く、その中でも沖縄出身者は下に見られていた。必要以上に米国人を装ったのだろう。だが、ジローが尋問した捕虜には小学校時代の恩師や同級生がいて、こっそり厚遇したそうだ。「米兵のジロー」には「沖縄の武二郎」が隠れていたのだ。

ジローのような日系人の元米兵は少なくない。ハワイの海軍基地で私と一緒に勤務した日系二世のドン・オカは七人兄弟で、そのうち五人は米兵、二人は日本兵として出征した。

オカと日本兵の弟は同時期にサイパンにいて、弟はそこで戦死した。九十三歳のオカはロサンゼルスの老人施設で余生を送っている。

最近、米国で日系人兵士を再評価する動きがあると聞いた。二〇一一年には、ジローら陸軍情報部の元兵士と、欧州戦線での戦闘で有名な日系志願兵部隊、陸軍第四四二連隊の元兵士に、最も権威のある勲章の一つの議会金章が授与された。同連隊の元兵士で昨年、亡くなった上院議会の重鎮、ダニエル・イノウエには先月、文民最高位の大統領自由勲章も贈られた。

ちょうど一年前、私は沖縄を訪ねた。立ち寄った平和祈念公園の石碑「平和の礎《いしじ》」には二十万人余りの戦没者の名前が刻まれていた。ジローやオカの友人、知人もいただろう。その一人一人に、まだ知られぬ物語があるのだ。

憲法九条の行く末

［二〇一四年一月五日］

歌手の沢田研二さんが私のためにバラード曲を作詞してくれた。彼から突然、届いたCDに収められた『Uncle　Donald』（ドナルドおじさん）。音楽好きの私だが歌謡曲には疎く、恥ずかしながら沢田さんを見たこともなければ、名前も知らなかった。「誰もが知ってる大スター」と聞いて驚いた次第だ。思わぬプレゼントに感謝しながら曲に耳を傾けた。

Don't cry Donald　僕たちに失望しても
Uncle Donald　この国をあなたは愛し選んだ
忘れてならない　何年たっても「静かな民」は希望の灯

私の日本への愛、日本人への尊敬の念は何一つ変わっていない。ただ、確かに失望していることはある。

沢田さんは還暦を迎えた六年前、平和主義をうたう憲法九条の行く末を憂えて、バラード曲『我が窮状』を発表した。私も同じ思いだ。太平洋戦争後、日本人は一人も戦死していない。素晴らしいことである。そんな憲法を変えようとする空気に、私が息苦しくなるのは戦争体験があるからだろう。新年に、まずは世界の宝といえる日本国憲法をあらためて考えたい。

私は二度、死んでもおかしくない体験をした。一度目は沖縄に向かう洋上。早朝、乗っていた輸送船の甲板に出た時だ。見上げると青空にポツンと黒い点。それがどんどん大きくなった。「カミカゼだ」と気付くも体が動かない。船団の中で一番大きな輸送船にいる私に向かって急降下――。ところが、伴走していた艦船のマストに当たり、手前の水中に突っ込んだ。操縦士のわずかな計算違いに助けられたのだ。操縦士は米艦艇に収容された。

もう一度は沖縄に上陸してからだった。「捕虜になったら殺される」と日本兵から脅されていた市民は洞穴に隠れることがよくあった。私は投降を何度も呼び掛けてから洞穴に入ることを繰り返していた。ある日のこと、同じように洞穴に入ると機関銃を構えた日本兵。私は腰を抜かさんばかりに驚いて飛んで逃げた。日本兵が引き金を引かなかった理由は分からない。ともかく命拾いした。

私は海軍の語学士官だった。最前線で撃ち合ってはいない。それでも死の淵《ふち》を見た。ましてや、物量で米軍に圧倒された日本兵や爆撃を受けた市民の恐怖たるや想像を絶する。戦争は狂気だ。終戦に日本人のほとんどは胸をなで下ろし「戦争はこりごり」と思っていた。私ははっきりと覚えている。日本人は憲法九条を大歓迎して受け入れた。

憲法起草に関わった知り合いのベアテ・シロタ・ゴードンはこう証言していた。「人権部門担当の私は、男女平等の概念を盛り込もうとして抵抗を受けた。でも九条については異論を聞かなかった」

戦争には開戦理由があっても、終わって十年もすれば何のためだったか分からなくなることが多い。最近もイラク戦争の大義名分だった大量破壊兵器は見つからず、うやむやになった。そもそも国家による暴力の軍事行動は国際問題を複雑化し、解決をより難しくする。

昨年は、言論の自由を制限する特定秘密保護法が成立した。尖閣諸島や竹島をめぐり近隣諸国との関係が緊張した。年末には安倍晋三首相の靖国神社参拝に米国からも異例の「失望」が表明された。今年は一転して、私が沢田さんに「心配ご無用」と一句返せる一年にしたい。

荷風のまなざし

［二〇一四年二月二日］

東京の下町を愛した作家の永井荷風が再評価されていると聞いた。英訳の『源氏物語』を読んで日本文学に傾倒した私は、今年で没後五十五年の荷風にもまた大いに影響を受けた。晩年に千葉県市川市の自宅で会ったこともある。全財産をいつも持ち歩いた、気難しい変わり者――といった印象を持たれているが、彼より美しい日本語を操った人を私は知らない。

一九五五年五月、日本での留学を終え、米国に向かう機上だった。私は荷風の『すみだ川』を読んだ。絶妙な言い回しで下町が描写され、それでいて流れるような文章に「これぞ日本語の美」と感動した。古典が専門の私が最初に英訳した近現代文学が『すみだ川』だった。

ひょんなことから荷風と会った。人嫌いで会うことすら難しい作家だったが、五七年か五八年に所用で都内の出版社を訪ねた時だった。編集者から「荷風に会いに行くが、来ないか」と誘われた。喜んで同行した。

家は細い路地の先にある木造平屋建て。年配の家政婦に迎えられた。日本では「きたないところですが」と謙遜して言うことが多いが、本当に言葉通りだったのはこの時だけだった。床にはほこりがたまり、座るともうもうと舞った。荷風もまた風采の上がらない老人で、ズボンの前のボタンは全開。口元から見える前歯は欠けていた。

ところが、話し出すとよどみのない清流のような日本語。初めて聞きほれた話し言葉だった。恥ずかしくも私は前夜の酒で二日酔いがひどく、会話の内容を全部は覚えていない。しかし、私の英訳『すみだ川』をほめてくれたことはうれしかった。荷風が五九年に七十九歳で亡くなるまでの四十二年間、書き続けた日記『断腸亭日乗』を調べてみると、五七年三月二十二日に「キーン氏訳余の旧作すみだ川をよむ」と、確かにあった。

実のところ、私の最初の英訳には、所々に間違いがあった。荷風はそれに気付いたはずだ。それでも、私の『すみだ川』への愛情を感じて、読み流してくれたのだろう。

荷風は恵まれた家庭に生まれた。エリート教育を受け、留学もした。だが、敷かれたレールを逸脱し、自分で道を選んだ。七十二歳で文化勲章を受章してからも浅草の踊り子と酒を楽しむ享楽家だった。一方で社会を冷徹に見つめていた。

太平洋戦争前夜からの言論弾圧についても書いてある『断腸亭日乗』を読めばよく分かる。特高が闊歩《かっぽ》し、当局を批判すれば、逮捕され拷問が当たり前のご時世だった。それでも「奇人の年寄り」とでも思われてか、特高が近寄らなかったことを幸いに、荷風は軍部批判を繰り返した。

好物のウイスキーや紅茶の入手が難しくなったことで批判したあたりは荷風らしさだが、「進め一億火の玉だ」と愛国心を強制する政策を軽蔑していた。大本営発表があっても、聞き入れずに、一切無視していた。政府が主導した言論統制の一環で設立された作家組織「日本文学報国会」には、戦前は左翼系だった作家も免罪符的に多くが入会したが、荷風は拒否し、硬骨漢ぶりを発揮した。

昨年、表現の自由を制限する特定秘密保護法が成立した。今、荷風が生きていたら間違いなく反対しただろう。

『おくのほそ道』に思う

［二〇一四年三月二日］

今月で東日本大震災から三年もたつというのに、今も被害を受け続けているところがある。原発事故があった福島県だ。私が魅せられた『おくのほそ道』を書いた松尾芭蕉が、みちのくへ足を踏み入れた最初の地が福島だった。『おくのほそ道』を四度英訳し、芭蕉の足跡をたどる旅をしたこともある私は福島に思い入れがある。今も続く原発の汚染水漏れには心を痛めている。

芭蕉は一六八九年四月に白河の関に入り、須賀川、郡山、福島——と福島県の中通りを二週間ほどかけて北上した。『おくのほそ道』というと、どうしても松島や山寺が思い起こされるが、芭蕉は白河の関を越えて、阿武隈《あぶくま》川を渡り、左手に磐梯《ばんだい》山を望む美しい景色に心を奪われ、句を詠むことができなかった——と書き残している。

次の目的地、須賀川に入ってから知人に促され「風流の初やおくの田植うた」と詠んだ。

奥州路を一歩一歩進むと田植えする農民の歌声が聞こえてきた。その響きがみちのくで味わう最初の風流だった、と。

私が初めて福島県を訪問したのは京都大学大学院に留学していた一九五五年春だった。芭蕉と同じように歩くことを考えたが、当時は道路が未舗装でほこりがひどく、芭蕉の時代とは違って、歩いての旅行者向けの旅館もなかった。あきらめて、鉄道とバスで最初に目指したのが白河の関だった。

当時、私は関がどんなものか知らなかった。道の真ん中に「止まれ」と看板がある有料道路の入り口のようなものなのか、映画『羅生門』に出てきたぼろぼろの門のようなものなのか——と想像を膨らませていた。芭蕉の言葉通りに景色は素晴らしいのだが、関の痕跡を見つけられず、落胆したことは今もはっきりと覚えている。

それから何度か福島県には足を運んだ。思い出すのは、在日外国人向けに名所を紹介する英文記事を書くために福島市を訪れた八八年夏だ。福島駅で下車すると「ミスピーチ」と書かれたたすきを掛けた三人の若い女性に迎えられた。福島産の桃は岡山産に引けを取らないが、福島人は宣伝が下手でイメージで劣ってしまうと聞いた。勧められて口にすると、みずみずしくておいしかった。

芭蕉が訪問した「信夫の里」に行くと「もじ摺《ず》り石」が残っていた。芭蕉の時代に既に廃れていたが、かつて「しのぶ摺り」と呼ばれた染め物の技術があり、その模様を取るために使われた高さ二メートルもの大きな石だ。芭蕉は「早苗とる手もとや昔しのぶ摺《ずり》」と、早苗を摘み取る早乙女たちの手付きにしのぶ摺りを思い浮かべた。

そんな福島は、今や世界に「Fukushima」として知られる。原発事故の被災地としてである。桃農家は大打撃を受け、放射能汚染で十四万人もが今も避難を続けている。とんでもない話である。

中国の杜甫《とほ》の詩に「国破れて山河あり……」がある。芭蕉は「おくのほそ道」に、それを引き合いに出しながら、「山は崩れ、河は流れが変わる」——と残した。つまりは、山河もなくなることはあるが、永遠に残るのは「言葉」だと。被災地への思いは風化しがちだ。私たちは、いつまでも言葉で伝え続けなければならない。

新潟との深い縁

［二〇一四年四月六日］

私が四十年ほど前に三島由紀夫など四十九人の日本人作家について論評した直筆原稿が最近、見つかった。新潟県柏崎市のドナルド・キーン・センター柏崎に展示されることになり、先日、内覧会に出席した。万年筆で書いた原稿に「あのころは、字がうまかった。パソコンを使うようになり、随分と下手になった」と少しため息。それと同時に、セピア色の原稿に時の流れを感じた。

米ニューヨークで生まれ、東京の下町で暮らす私なのに「業績を紹介するキーン・センターが、なぜ新潟なのか」と時々、聞かれる。五年前に私の提案で古浄瑠璃「越後国柏崎弘知《こうち》法印《ほういん》御伝記《ごでんき》」が、柏崎市で約三百年ぶりに復活上演されたことがきっかけだ。地元の製菓会社ブルボンの吉田康社長が私の日本文学への思いを知り、自社の研修施設にキーン・センターを造ってくれた。ただ、それだけではなく、私には新潟との太い絆がある。

古浄瑠璃が縁で、養子に迎えた三味線奏者の上原誠己《せいき》の実家は新潟市内の酒蔵で、私もしばしば訪ねている。飼い猫のモナリザとも仲良くなり、私にとっても実家のようなものだ。

それに、私は日本人となる前から新潟県人だった。日本国籍を得た二〇一二年から遡ること十四年、一九九八年に長岡藩に伝わる「米百俵」を英訳したことで、同県長岡市の名誉市民になった。小泉純一郎元首相の演説で「米百俵」が知られるようになる三年前だ。「将来のために教育に投資する」という考え方は、万国共通に受け入れられ、英訳が基となってバングラデシュなどで舞台上演された。

今や、日本文学は世界中で読まれている。『米百俵』がどこで演じられようと驚きはしないが、世界へのとびらを開いた英訳者として、少しだけ誇らしく思っている。

一〇年には、何ごとにも挑戦し続けた新潟市出身の作家、坂口安吾にちなんだ安吾賞を、同市からいただいた。

新潟との縁は古くもある。戦時中、ハワイの捕虜収容所で親しくなった小柳《おやなぎ》 胖《ゆたか》は、応召時に新潟日報の編集局長だった。激戦地だった硫黄島で捕虜となった彼は、立場を超えて話し合えた数少ない一人だった。彼には特別任務があったそうだ。記者経験を買われ、米軍がB29で日本にまくビラに記事を書いたのだ。

当時、日本の新聞は大本営発表で埋まり、戦争の実態を伝えなかった。そこで、米軍はビラで事実を伝え、日本の厭戦《えんせん》気分を高めようとした。小柳は「ビラが終戦を早める。それが日本のためだ」と協力したという。ハワイの新聞社からの情報で日本本土への空襲や沖縄戦についてビラに書いた。米国では戦時中も新聞が政府批判したことに驚き、それもビラで伝えようとした。

出征前には言論弾圧で新聞の役割を果たせず、皮肉にも捕虜となってビラに事実を書く自由を得たのだ。戦後、新潟日報に復職し、社長も務めた小柳は八六年に七十四歳で亡くなるまで、周囲には捕虜時代の体験をほとんど明かさなかったという。複雑な思いがあったのだろう。

キーン・センターの運営には新潟日報にも協力をいただいている。ハワイの収容所で「言論の自由」など未来の日本のあり方について話し合った小柳が、未来の新潟で私に手を差し伸べているかのようだ。

捕虜収容所での音楽会

［二〇一四年五月六日］

私は今、日本人になって二度目の訪米中だ。ニューヨークでは石川啄木について講演するために母校コロンビア大学を訪ねた。同大の図書館の展示ケースには「東京下町日記」の切り抜きが並び「二〇一二年十月から連載中のコラム『Tokyo Downtown Diary』」と紹介されていた。大学周辺を歩くと、まだ少し肌寒い中、近くの公園には桜が咲いていた。遅い春を感じながら旧友とも再会した。

三年前にニューヨークを引き払ったとき、残念だったことの一つがメトロポリタン・オペラ（メト）の定期会員の席を失うことだった。東京ではしばしば映画館でメトの映像を見ているが、今回の訪問で最初に向かったのはメト。短期間に三度もオペラを楽しんだ。

私が思うに、音楽の魅力は文学と同様、その普遍性にある。言葉や文化の壁を越えて、誰の心にでも訴えかけてくる。私がそんな魅力を最も深く感じたのは、戦時中のハワイの捕虜収容所でだった。

一九四四年一月。米海軍の語学士官だった私は、尋問したインテリの日本人捕虜から「クラシック音楽を聴けないのが寂しい。ベートーベンのエロイカ・シンフォニー（交響曲第三番『英雄』）を聴きたい」と打ち明けられた。捕虜に音楽を聴かせることは禁じられていない。多くの捕虜と接し「戦後日本の復興には彼らが必要」と思っていた私は、ささやかな娯楽を提供しようと収容所でこっそり音楽会を企画した。

音響効果が良さそうなシャワー室を会場に選んだ。幸い『英雄』のレコードは持っていた。ついでに、ホノルルで『支那《しな》の夜』など日本の流行歌のレコードを四、五枚買い、私の小型蓄音機を持ち込んだ。三、四十人ほどの捕虜が集まった。私は「これからお正月の音楽会です」と告げ、最初に流行歌、続いて『英雄』をかけた。

音楽会に参加した一人に、従軍記者だった同盟通信（共同通信の前身）の元記者、高橋義樹がいた。作家、伊藤整の門下生だった彼は戦後、その体験を著作に残していた。それによると彼は、私の行動が不可解で「なぜ音楽を持ち込んだのか」「捕虜の感情を探ろうとしたのか」などと疑った。だが、何ら意図を感じられず「（キーンは）微動だにしなかった。楽曲に魅せられた人間の姿があるだけだった」と結んだ。

その通りだった。不思議にもその時に限り、私の蓄音機は素晴らしい音を奏でた。「私でなければ敵国捕虜と音楽鑑賞はできないのではないか」と、いささか自意識過剰気味になりながら旋律に身を任せていた。「英雄」が終わると、捕虜たちが私を取り囲み、音楽談議を交わした。それで距離が少し近づいたようだ。戦後、記者に復職した高橋を含め、音楽会に参加した何人かとは長い付き合いになった。一人は百歳を超えた今もご存命だ。

音楽会の夜、すっかり遅くなりホノルルの宿舎に向かうバスがなくなってしまった。ヒッチハイクすると海軍将校の車が止まってくれた。将校は蓄音機に気付き、なぜ携えているのかただしてきた。正直に話すと「貴様は、日本軍が米国人捕虜に音楽会を開いてくれると思っているのか！」。灯下統制で真っ暗闇を走る車中、私は押し黙っていた。それでも、あのシンフォニーは最高だった。

元従軍記者との縁

［二〇一四年六月八日］

一年ぶりの米ニューヨーク訪問を終え、ホノルルなどに立ち寄って東京の下町の自宅に戻ると、便箋四枚につづられた手紙が届いていた。先月の「東京下町日記」で、私は戦時中にハワイの日本人捕虜収容所で開いた音楽会について触れた。その音楽会に参加した元従軍記者、高橋義樹の妻幸子《ゆきこ》さん（83）からだった。

「夫はキーンさんを敵とか味方ではなく、友だちのように慕い、尊敬していた。夫は六十二歳で亡くなって三十七年になるが、あの音楽会を思い出させてくれて、天から喜びの声が聞こえてきた」と幸子さん。居ても立ってもいられず、その思いを伝えてきたようだ。

彼女には会ったこともないが、古い友人から突然、便りが届いたような気がしてうれしくなった。

「チャタレイ夫人の恋人」の翻訳などで知られる作家、伊藤整の門下生で同盟通信（共同通信の前身）の記者だった高橋のことはよく覚えている。グアム島で密林に迷い込み、ガリガリに痩せて餓死寸前に捕虜となり、ハワイに送られてきた。

国際法上、捕虜は保護を受ける権利を持っている。だが、やはり捕虜収容所は特殊な場所だ。銃弾を撃ち合った相手の国から、戦地より恵まれた生活環境が提供される。「生きて虜囚の辱めを受けず」と洗脳されていた日本人には「殺してくれ」と嘆願したり、「戦場で死ねばよかった」と自暴自棄になる者も少なくなかった。その中で、高橋は「捕虜として日本のために何ができるか」と考えることができた数少ない一人だった。

以前、この欄で米軍が爆撃機Ｂ29で空から日本にまくビラを、記者経験のある日本人捕虜に作らせたことを紹介した。高橋はその一人。小笠原諸島の硫黄島で捕虜になった新潟日報の元編集局長、小柳《おやなぎ》胖《ゆたか》らと協力して、大本営発表では知ることのできない世界情勢や戦況をビラで伝えた。それが厭戦《えんせん》気分を高め、終戦を早めると思ったのだ。

戦後、記者に復職した高橋とは、一九五七年に東京と京都で開かれた国際ペンクラブ大会で再会した。後のノーベル賞作家ジョン・スタインベックら率いる米代表団の一員だった私を見つけると、高橋はヒソヒソ声で特ダネをせがんできた。実際のところ、その類いのネタは持ち合わせていなかったが、知っていた情報は喜んで漏らした。

高橋はペンクラブ大会で、個人的に多くの写真を撮っていた。そのモノクロームの世界には、三十五歳の私のほか、大会実現に向けて奔走した当時の日本ペンクラブ会長の川端康成や伊藤整、さらには三島由紀夫の姿もあった。英国の著名詩人スティーブン・スペンダーも写っていた。

私は大会期間中、スペンダーに頼まれて京都を案内した。そんな縁もあって、彼が編集者の文芸誌「エンカウンター」に私が翻訳した三島の近代能「班女《はんじょ》」が掲載され、評判になった。

ハワイの収容所の音楽会で私はベートーベンのエロイカ・シンフォニー（交響曲第三番『英雄』）をかけた。高橋は「英雄」が気に入ったようで、伊藤整が亡くなった時、自室でしみじみと聞いていたという。私にとっても、それは最高のシンフォニーだ。半世紀以上も前の記憶を一筋につなげてくれた幸子さんからの手紙は、今月で九十二歳になる私に思いがけない誕生日プレゼントになった。

六十九年前の手紙から

［二〇一四年七月六日］

終戦間近の一九四五年六月十三日に書かれた私宛ての手紙が、六十九年もかかって米ホノルルから届いた。書いたのは、私がホノルルで米海軍の語学士官だった時に部下だったヘンリー横山。送ってくれたのは彼の妻マージだった。終戦後、医師となりハワイで地元住民のために活躍した日系二世のヘンリーは十年ほど前に亡くなったが、マージが最近、部屋を整理していて手紙を見つけたそうだ。

四五年の三月、私は米軍による沖縄上陸作戦に参加することになり、ホノルルからフィリピンのレイテ島へ飛んだ。艦船に乗り換え、日本軍が手薄だった沖縄中部の西海岸にある読谷村に翌四月、上陸。その直後に私は陸軍第九六歩兵師団に合流した。手紙の宛名は同師団気付と間違ってはいなかったが、戦中の混乱もあって届かなかったのだろう。

手紙の中身はヘンリーと一緒に働いた、ホノルル近郊の海に面した米軍翻訳局の近況報告。少し黄ばんだ手紙を手にすると当時の記憶がよみがえってきた。

翻訳局は、私が日本研究にのめり込む原点の一つでもあった。壮絶な戦闘が繰り広げられた南太平洋西部のガダルカナル島で回収された日本兵の日記を私は翻訳した。血痕が残り、異臭を漂わせた日記には、物量で圧倒的な米軍の砲撃におびえ、飢餓とマラリアにさいなまれた苦悩がつづられていた。死を予感して「家族に会いたい」と故郷に思いをはせる記述には心を揺さぶられた。

私たちには週一回、米兵の手紙を検閲する任務もあった。その手紙には「食事がまずい」「早く帰りたい」といった記述が多く、大義のために滅私奉公する日本兵との落差に、私は複雑な思いをした。日本の軍国主義を受け入れることは到底できなかったが、僚友よりも、日本兵への同情を禁じ得なかったのだ。

反戦主義者の私が語学士官となった理由の一つが、何か特別な情報を入手して、一日でも早く戦争を終わらせようという思いだった。それはついぞ果たせなかったが、平和への思いは絶えることなく、日本人となった今も続いている。

戦後、日本人は一人も戦死していない。素晴らしいことだ。不戦を誓う憲法九条のおかげであり、世界が見習うべき精神である。ところが、日本は解釈改憲で「理想の国」から

「普通の国」になろうとしている。

私は戦争体験者として、国際問題の解決には軍事行動を取るべきではないと思っている。遺体が無造作に転がる戦場に立てば、その悲惨さ、むなしさは明らかだ。それに、日本にふさわしい平和的な国際貢献の方策はいくらでもある。

「Dear Donald」で始まるヘンリーからの手紙には、仲の良かった同僚や嫌われ者の上司についてなど、他愛《たわい》もない話が内輪の隠語交じりで書いてあった。六月が私の誕生月で、ヘンリーの母が「特別にクッキーを焼いて送る」ともあった。それはどこへ行ったか分からないが、マージが手紙に別のクッキーを添えてくれた。

それを頬張ると翻訳局で机を並べた同僚たちの横顔と、血がにじんだ日記の文字が脳裏に浮かんだ。思い出は思い出だけでいい。戦後、憲法によって守られてきた日本を、少しでも戦前に戻そうとする動きに私は抵抗を感じている。

鞆の浦の魅力

［二〇一四年八月三日］

先月上旬、広島県福山市の鞆《とも》の浦を久しぶりに訪ねた。山口県長門市と京都市で講演会があり、その合間の一泊旅行だった。瀬戸内海に面した、江戸情緒あふれる港町だ。私は見たことがないが、アニメ映画『崖の上のポニョ』の舞台といわれているそうだ。西から近づいた台風の影響で雨模様の中、空からトンビが「ピーヒョロロー」と、そして軒下の巣から顔を出した子ツバメが「ピーピー」と私を迎えてくれた。

鞆の浦を初めて訪れたのは二十年以上も前だ。講演で福山市の学校に招かれ、そのついでに案内してもらった。瀬戸内海の東西のほぼ中央にある。満潮時には潮が東西から鞆の浦に向かい、干潮時には逆に東西に引く。その流れに乗って往来する船が潮待ちをした港として古くから栄えた。万葉集にも歌われ、江戸時代には朝鮮通信使の寄港地だった。港には船の誘導のために使われた高さ約五・五メートルの石塔「常夜燈《じょうやとう》」が残る。青い海に目をやれば、沖合に明治天皇が好んで訪れた風光明媚《めいび》な仙酔島《せんすいじま》が浮かぶ。木造の家屋が並ぶ細い通りを歩くと、江戸時代に迷い込んだかのようだ。

その時から鞆の浦は私が最も好きな場所の一つになった。だが、誰にも言わず、秘密にしていた。人気になって観光客が集まると、コンビニやチェーンの飲食店が並ぶようになり、鞆の浦の魅力が薄れてしまうことを恐れたのである。

ところが、鞆の浦は観光地化よりも先に、港の両岸を埋め立てて橋を渡す公共事業が計画され、港町の雰囲気が台無しにされる危機に陥った。地元の反対運動もあって計画は止まっているが、私も事業には賛同できない。福山市在住の友人で翻訳家のナンシー・ロスは「せっかく残っている街並みを、なぜ保全しないのか」と首をひねっていた。私も同感である。古い日本の美しさをもっと大切にしてほしいと思う。

三年前の訪問時に立ち寄った飲食店が今回は店じまいしていた。橋を渡す公共事業に経済的な事情があることは分かる。だが、それによって、一時的にはともかく何か大きな変化が訪れる時代ではない。

鞆の浦には豊かな文化がある。例えば、もともとは京都市の伏見城にあり、桃山時代には豊臣秀吉が観劇したとされる能舞台は、鞆の浦の沼名前《ぬなくま》神社に移設され、国の重要文化財になっている。その能舞台で横笛の「能管」を披露したこともあるナンシーは「壊して新しくするのではなく、今ある文化財を街づくりに生かすという発想が乏しい」と嘆いていた。

地方ばかりの問題ではない。東京でも二〇二〇年の五輪に向けた新国立競技場の建設が問題になっている。成熟した首都東京に「大きくて斬新な新競技場」はふさわしいのだろうか。それに、五輪に向けての再開発で、東日本大震災の被災地再建が遅れやしないかと気掛かりだ。

昨年、決まった富士山の世界文化遺産登録にはさまざまな前提条件が付いた。どれもこれもが富士山の保全策を取ることである。日本で保全が必要なのは富士山だけではない。誰かに言われる前に、私たちはそれに気付き、行動する知恵を持っているはずだ。

健康に無頓着でも

［二〇一四年九月七日］

月に一、二度、講演会に呼ばれて、話すことがある。会場で質問されるのは、親しかった三島由紀夫や川端康成など大抵は日本文学の大家についてだが、次に多いのが「何でそんなに元気なのですか？」。実は三年前に退職した米コロンビア大学の最終講義でも学生から同じ質問を受け苦笑した。

のっけから落胆させてしまいそうだが、秘訣《ひけつ》など何もない。祖母の一人は百歳まで元気だったので、遺伝的に恵まれているのかもしれない。だが、私は健康に無頓着で自分の血圧の数値すら知らない。それに、健康診断で数値を言われても、それが喜ぶべきか、悲しむべきか分からない。運動は心掛けていない。食事も栄養のバランスは考えずに、食べたい物を食べている。

そこで皮肉屋の私は質問にこう答えている。「『健康にいい』という話には耳を傾けず、何も気にしないことです」

今月は「敬老の日」がある。今年で私は九十二歳になったが、年齢を意識することはほとんどない。いや、正確には五十五歳になってから考えなくなった。それは子どものころ、父がどういう訳か年を取ることに悲観的で「人間は五十五歳になる前に死ぬべきだ。何の役にも立たなくなる」と私に諭したからだ。当時の私には、遠い未来の話で「そんなものなのか」と受け入れていた。

だが、実際には年齢の線引きに意味はない。いくつになっても、お元気に活躍される方は、大勢いらっしゃる。私が、学生時代に大きな影響を受けたコロンビア大学の角田柳作先生は、初めてお会いしたときに既に六十代だった。教えることに情熱的で八十七歳で亡くなる直前まで教壇に立ち続けた。

作家の野上弥生子とは、彼女が九十代のときに二度、対談した。創作意欲は衰えず、彼女は九十九歳で亡くなるまで書き続けた。

日本人ばかりではない。私がクラシック音楽にのめり込むきっかけとなったＮＢＣ交響楽団の指揮者だったアルトゥーロ・トスカニーニはジュゼッペ・ベルディのオペラを七十代で見事に披露した。そのベルディは八十歳を前にオペラ『ファルスタッフ』を制作し、大成功した。私の父も八十代まで生き、晩年が最も幸せそうだったのだから「何をか言わんや」である。

私も年は取った。健康に留意していた友だちが不思議と早く亡くなり、同世代の友人は数えるほど。三年半前には私も痛風が元で高熱が続き、初めて三週間ほど入院した。周りは「寝たきりになるのでは」と心配したそうだ。その病気が元で足の横幅が広くなり、特注の靴しか履けなくなった。正座もできなくなった。

お酒も弱くなった。文学者にはお酒が付きもので、昔は吉田健一や草野心平らともよく飲んだ。だが、今では夕食時にワインを一杯たしなむだけである。

よく聞くアメリカンドリームに「成功して引退後は南の島でのんびり」というのがあるが、私は考えたこともない。私は今、軽井沢の別荘にいる。別荘といっても、庵《いおり》といった方がふさわしい木造の古い小屋だ。自慢は風が響き、雨音を肌で感じられる静けさ。そこにこもって、毎日、毎日、石川啄木の研究に専念している。本を片手に論文を書き続ける。それが私の生きている証しであり、健康の秘訣である。

新聞で「今」を知る

［二〇一四年十月五日］

もう六十一年も前になる。京都大学大学院で留学生活を始めた下宿先で「新聞は何を取りますか」と聞かれた。私は「松尾芭蕉の研究に専念したい。新聞を読む時間がもったいない」と断った。奨学金でようやく実現した日本留学。私は古典の世界に浸るつもりでいたのだ。直前まで日本語を教えていたケンブリッジ大学では「古典こそが学問」といった雰囲気があり『古今和歌集』を教材にした。学生は十世紀の日本語を使い「まじめな男」のことを「ひたすらなをのこ」と表現した。『源氏物語』を初めて英訳した、私の尊敬する翻訳家アーサー・ウエーリは平安時代の日本にしか関心がなく、来日招聘《しょうへい》に応じなかった。その影響もあった。

そんな時、思わぬ難題が降りかかった。下宿先の別棟に米国帰りの京都大学の助教授が入ってきた。私は英会話の相手をさせられやしないか——と恐れた。そこで接触を避け、彼とは目も合わせないようにした。

ところが、下宿先の都合で彼と夕食を共にすることになった。渋々だったのだが、これが私の人生を変える出会いとなった。助教授は後に文部大臣になった永井道雄。教養ある彼は知識をひけらかすでもなく、留学の自慢話もせず、知的な話題を振ってきた。「日本の将来」といった話が好きで実に刺激的だった。永井は一つ年下だったが、いわば私の人生の指南役となり、それからは彼との夕食が日課となった。

永井との対話を通じて、いくら専門が古典とはいえ、現世を無視することは誤りだと気付いた。目の前には生きている日本がある。「今」に関心が湧き、新聞を読み始めた。それは研究で偏りがちな知識のバランスを取ることにもなった。

今となっては、朝起きて新聞に目を通すことは生活習慣の一つ。インターネットも活用するが、私は紙に印刷された新聞でないとどうにも落ち着かない。

もちろん、新聞に不満もある。地域ニュースはいいが、国際報道、特に米国報道は表層的な一報に終わりがちで、仕方なく詳報はネットに頼っている。また国際報道に限らず、話題が移ろいがちなことも気掛かりだ。今、私が最も知りたいのは東日本大震災と原発事故のその後。それが分かる新聞が一番である。今月中旬、新潟で開かれる年一回の新聞大会に招かれている。私の思いを伝えたいと思っている。

*

話は変わるが先月、友人の女優、山口淑子さんが亡くなった。三年前に共通の知人から「キーン先生によろしく」という伝言とともに自伝本を渡されたのが最後の交流だった。初めてお会いしたのは、私の友人の彫刻家イサム・ノグチと結婚した直後。ワシントンでの集まりで、山口さんは大人気だった。ノグチとは離婚したが、後に再婚。その相手も、私の知己の外交官、大鷹弘さんだった。戦前は李香蘭の芸名で活躍した山口さんは戦後、「親日の中国人」として裁判にかけられた。そんな経歴から「大鷹と山口が一緒になることは、外交上、ふさわしくない」と思われたようで、大鷹さんはビルマ（現ミャンマー）へ異動させられたそうだ。

ところが、山口さんが追い掛けていき、結婚したと聞いた。私は李香蘭主演の映画「支那の夜」の音楽をハワイで日本人捕虜に聞かせたことがある。その思い出話を山口さんにしたことがあるが、無反応で何も返答がなかった。二つの祖国に複雑な思いがあったのだろう。私と同時代を生きた大女優のご冥福を祈るばかりである。

私の教え子タハラ

［二〇一四年十一月二日］

米コロンビア大学時代の教え子が先月、米ホノルルから私を訪ねてきた。元ハワイ大学准教授のミルドレッド・タハラ（73）だ。彼女は十世紀の歌物語『大和物語』の研究で一九七〇年に博士号を取得した。同時期に『源氏物語』を英訳したロイヤル・タイラーも在学していた、優秀な世代の一人だった。

タハラはハワイ大学で研究活動した作家、有吉佐和子と親しかった。京都や名古屋へ一緒に旅行したという。有吉は没後三十年の今年、再評価されていると聞くが、代表作の『紀ノ川』『恍惚《こうこつ》の人』を英訳して海外に紹介したのはタハラだ。

名字で分かるように彼女は日系三世。太平洋戦争時、米国で日系人は多かれ少なかれ、その影響を受けた。タハラも例外ではない。祖父はハワイの日本人学校の校長として日本から派遣された。その祖父は私のコロンビア大学の恩師、角田柳作先生と旧知の仲だったそうだ。

タハラが生後七カ月の四一年十二月、日本軍が真珠湾を攻撃した。祖父はスパイ容疑をかけられて、原爆が開発されたニューメキシコ州ロスアラモスの研究所から約三十キロの強制収容所に入れられた。

タハラの日本名「満治子《まちこ》」は祖父の命名だった。「満州を治める子」には戦時臭も漂うが、写真でしか知らない祖父との唯一の接点としてタハラは、その日本名を大切にしている。祖父は原爆が広島と長崎に投下され、終戦を告げる玉音放送があった直後の四五年八月下旬、収容所で六十代で病死した。

戦前、ハワイでタハラの両親は共に日本人学校の教員だった。ところが開戦で学校は閉鎖された。タハラ一家は強制収用されたという。当時、米国への忠誠心を示して志願兵となった日系人は少なくなかった。タハラの父も志願してミネアポリスで訓練を受けたそうだ。「日本兵が降伏するよう日本語で説得する作戦に従事した」というから、情報活動が主任務の陸軍情報部（ＭＩＳ）だろう。軍事機密として戦後長い間、存在すら隠されていた部隊だ。

父は四五年四月、沖縄上陸作戦に参加した。海軍の語学士官だった私も参加していたから、どこかで顔を合わせたかもしれない。その後、父は朝鮮戦争に出兵して五一年に戦場で四十歳で病死した。その時、十歳だったタハラは父について「学業については何も言われなかったが、周囲への気配りや礼儀については厳しい人だった」と言う。日本的な父だったのだろう。

祖父と父を戦禍で失ったタハラ一家は、母が小学校教師となって四人の子どもを育てた。奨学金を頼りに高等教育を受けたタハラは、私と同様に徹底した平和主義者だ。不戦を誓う憲法九条を「世界の宝」と思っている。彼女が二十九年ぶりに訪日したその日にノーベル平和賞が発表された。候補だった九条は選ばれなかったが、また機会はあるだろう。

タハラは滞在中、私と一緒に新潟県柏崎市のドナルド・キーン・センター柏崎の開館一周年記念行事に参加し、新潟市で開かれた新聞大会にも同行した。十月二十日には傘寿をお迎えになった皇后陛下に私は招かれ、彼女も付き添いで皇居に出かけた。皇后陛下は私の文章を読んでいるとおっしゃっていた。私とタハラの平和への思いも、お届けした。

真珠湾攻撃の日

［二〇一四年十二月七日］

毎年、師走を迎えると思い出すことがある。旧日本軍による米ハワイの真珠湾奇襲攻撃だ。七十三年前の今月七日は、今年と同様に日曜日だった。当時、米ニューヨークのコロンビア大学の学生だった私は友人の日系米国人、タダシ・イノマタとマンハッタンの南にあるスタテン島にハイキングに出かけていた。陽光がほのかに暖かく、風もない穏やかな一日だった。

夕方、フェリーでマンハッタンに戻ると、夕刊紙インクワイアラーに「日本、真珠湾を攻撃」と大見出しが躍っていた。ゴシップ紙として知られていた同紙なので「また変な記事を」と一笑に付し、ブルックリンの自宅へ帰った。

ところがラジオをつけると、どうも様子が違う。今回ばかりは事実だった。欧州ではナチス・ドイツが台頭してフランスを前年に占領し、英国への空爆を始めていた。アジアでは一九三七年に日中戦争が始まり、日米関係は悪化していた。四〇年に日独伊三国同盟が結成され、日米開戦があってもおかしくはなかった。

気になったのは、フェリーの桟橋で別れたイノマタのことだった。反日感情から暴漢にでも襲われやしないか、心細い思いをしているのではないか――。イノマタのアパートがあるグリニッチビレッジに向かった。だが、アパートにも、行きつけの食堂にもいない。歩き回れど見つからず、トボトボと帰途に就いた。

その五カ月ほど前、私は私的なグループレッスンで初めて日本語を勉強した。その時の先生役がイノマタだった。後になって、真珠湾攻撃があった夜、彼は終夜営業の映画館に翌朝まで隠れていたことが分かった。

真珠湾攻撃の翌日、大学に行くと、学生たちはあちらこちらで輪を作り「真珠湾で何隻、沈められたのか」「米国はどう反撃に出るか」とボソボソ話し合っていた。

私は角田柳作先生の「日本思想史」の教室に向かった。その年の九月、講義の受講希望者が私だけだったのに「一人いれば十分」と開講してくれた角田先生だ。そんな先生が、いくら待っても来なかった。少し薄暗い教室は、時が止まったかのように、シーンと静まりかえり、私は不安に駆られた。前日のイノマタに続き、角田も姿を消した。

実は散歩好きだった角田は「犬も連れずに長時間、歩いているのはおかしい」と通報されて身柄を拘束され、敵性外国人として取り調べを受けていた。

当時、米国で有名な日本人といえば、エール大学の歴史学者、朝河貫一教授だった。朝河は日米開戦直前にルーズベルト大統領が昭和天皇宛てに送った開戦回避を訴える親書の草案作成者だ。朝河は拘束されていた角田に「疑いは晴れる」「何かできることはないか」と手紙を書いてくれた。

角田と日本軍に関係などあるはずはない。角田は翌四二年三月に釈放された。角田は拘束について何一つ愚痴をこぼさなかった。そして何ごともなかったかのように講義を再開した。

話を奇襲攻撃翌日の八日に戻そう。大学の近くで昼食を取っていると、ラジオから開戦を告げるルーズベルト大統領の演説が流れてきた。英訳の『源氏物語』を読んで日本文学にひかれた私は、角田との出会いで日本への関心が高まり、日本について学ぶことを意識し始めたころだった。皮肉にもその年に太平洋戦争は始まった。

日本人の意識

［二〇一五年一月十一日］

日本人になって三度目の新年を迎えた。元日には古くからの友人に招待されておせちを楽しんだ。門松としめ縄で、おめでたい気分になり、日本の良さを再認識したところである。そんな私には最近、気掛かりなことがある。そこかしこで耳にする「日本はもうだめなのでは……」といった悲観論だ。新年、まずはそれについて考えたい。

今年で太平洋戦争の終戦から七十年。戦後、奇跡的に復興した日本だが、このところ少子高齢化、格差拡大といった問題が深刻化している。悲観の度合いは中国などの経済的台頭に伴って高まっているようだ。確かに問題はあり、対応が必要だろう。だが、日本は依然、豊かな国の一つであり、社会は安定し、教育や科学技術の水準も高い。世界における日本の存在感は何も変わっていない。

戦前を思い起こせば、ニューヨークにあった日本料理店は一軒だけ。米国で「外国」といえば欧州のことで、日本について正しい知識を持った米国人はまれだった。私も十八歳で英訳版『源氏物語』を読むまでは、日本に文学があることすら知らなかった。

そこで戦時中、米国は日本について猛烈に知ろうとした。その一例が、日本語を教えた海軍語学校。私も含め、約一千人がそこで学んだ。戦後も日本と関わった卒業生は限られてはいるが、それでも日本には大きな遺産となった。川端康成のノーベル文学賞受賞はエドワード・サイデンステッカーの英訳と無縁ではない。同志社大教授だったオーティス・ケーリは日米の懸け橋となった。二人とも卒業生だ。

私が一九五六年に日本の代表的な作品を英訳して出版した『日本文学選集』は世界中の大学で教科書として使われ、半世紀以上たった今も版を重ねている。

日本文学の英語以外の言語への翻訳も増えた。数年前、私が訪問した大西洋に浮かぶポルトガル領のマデイラ島にさえ、現地語訳の『源氏物語』があった。今や村上春樹は欧米でもベストセラー。日本文学は世界に認められている。

私は冗談半分で「米国の食文化は日独伊という戦時中の枢軸国に占領された」と話すことがある。どこへ行ってもすし屋、ハンバーガー店、ピザ店がある。日本文学もしかりで、海外で日本文学専攻の学生は増えている。太平洋戦争で日本は敗れたが、戦後、日本文化は勝利を収めたのだ。

むしろ問題は日本人の意識である。日本文学を学べる大学は減り、専攻する学生も減っている。日本文学に限らず自国への誇りが薄れ、私には自虐的になっているように映る。排外主義を訴えるヘイトスピーチも日本人としての自信喪失と表裏一体の問題ではないだろうか。排外主義の行き着く先は第二の鎖国。戦前回帰といってもいい。

最近、「海外や外国語へ無関心な大学生が増えている」と聞いて驚いた。国際社会では主要国として認識されている日本なのに、内向きな若者が増えているのだろうか。

今春、出版される高校生向けの教科書『ユニコーン』（文英堂）に私は「Why Study Foreign Languages?（なぜ外国語を学ぶのか？）」と題した随筆を書いた。外国語を学び海外を知ることは日本を知ることでもある。「井の中の蛙《かわず》」は国際社会にとって危険ですらある。

正岡子規と野球

［二〇一五年二月八日］

俳人、正岡子規（一八六七〜一九〇二年）の母校、松山東高校（愛媛）が八十二年ぶりに今春の選抜高校野球へ出場を決めた。子規は東京で学生だった一八八〇年代に日本野球の草創期を支えた一人だ。松山に野球を伝え、母校の野球部創設にも貢献した。文武両道で知られる松山東の甲子園出場に、天国で喜びの声を上げているはずだ。

何を隠そう、私も少年時代には熱心な野球ファンだった。生まれ育ったニューヨーク市ブルックリンは当時、ドジャースの本拠地で試合をよく見に行った。ヤンキースタジアムで往年の名選手ルー・ゲーリッグを見たこともある。だが、やる方はからっきし。誰もチームに入れてくれないので、母親が賄賂を使って試合に出させようとしたこともあった。

九歳で父親と初めて欧州旅行に出かけた時だ。大西洋を渡る船上で子ども同士が集まると、どうしても野球の話になる。私は下手で、自分には決まったポジションなどないことを言い出せず「捕手だ」とうそをついた。船上で「腕前を見せてくれ」と言われやしないかとヒヤヒヤ。ほろ苦い思い出だ。

子規も体格に恵まれず、病弱で少年期にはスポーツに関心がなかった。ところが東京に出てから、なぜか野球に熱中した。ポジションは捕手。ただ、上手ではなかったようだ。日本の野球殿堂に入ったが、それは文学を通じての野球への貢献が評価された。「打者」「走者」など用語の多くは子規の訳語だ。ベースボールを「野球」と訳したのは子規ではないが、自分の幼名「升《のぼる》」にちなんで「野球（の・ボール）」という雅号も持っていた。

野球選手としては大成しなかった子規だが、俳句の殿堂があれば、革命を起こした「選手」として最初に入るべき一人だ。彼以前の俳句や短歌は桜や紅葉といった定型的な自然の美ばかりを表現した。だが、形式にとらわれすぎ、いつも似たような作品ばかりで廃れかかっていた。そこに、新風を吹き込んだ。野球をも俳句の題材にしたのだ。

春風や　まりを投げたき　草の原

「キャッチボールをやろう」と高校球児の声が聞こえてきそうだ。こうした日常の描写こそが子規の真骨頂なのである。

有名な「柿くへば鐘が鳴るなり法隆寺」には、珍しくも、美しいわけでもない柿が登場し、それまでは俳句に使わなかった「食べる」という行為も入っている。しかも、本当は法隆寺ではなく東大寺でこの句を詠んだ。だが、東大寺では句の効果が半減する。法隆寺とした方が聞き心地がよく、音にこだわったのだ。

誰もお参りしない、廃れた墓を新体詩に詠んだこともあった。見た目の美醜にこだわらず、詩歌を通じて自分の体験を語った。

今や百万人を超える日本人が俳句や短歌を楽しんでいる。日本だけではない。米国の多くの学校でも俳句は教えられている。ソネットといった西洋の形式の詩よりもむしろ、俳句で詩的な表現を学んでいる。国内外でこれだけの普及は子規の存在抜きに考えられない。

先日、私が以前、詠んだ句が見つかった。甲子園で高校野球を見ながらの一句。お恥ずかしながら紹介しよう。「白たまの消ゆる方に芳夢蘭《ホームラン》」。この気軽さもまた子規のおかげである。

高見順が記した大空襲

［二〇一五年三月八日］

また三月が来た。二万人近い死者・行方不明者を出した東日本大震災から四年。被災地から離れていると忘れがちだが、震災前の生活を取り戻せていない被災者は少なくない。原発事故はいまだに現在進行形で、郷里に戻ることすらできない人々も大勢いる。

震災発生の日、まだ米国人だった私はニューヨークの自宅でテレビにくぎ付けだった。真っ黒い津波が街を襲い、家屋をなぎ倒す。津波が引くと街は跡形もないがれきの山。私は太平洋戦争の終戦直後に訪問した東京を思い出した。

米海軍の語学士官だった私は、派遣先の上海から空路で東京郊外の厚木基地に到着した。軍用車で都心に向かうと、一面の焼け野原。何もない大平原に立っているかのようで、地平線が見えた。多くの犠牲者が出たことを想像し、暗たんたる気持ちになった。

当時の東京の情景を日記に残した人気作家がいた。高見順である。終戦の前年から東京は断続的に空襲を受けた。そして小笠原諸島南端の硫黄島で日米が激戦中だった七十年前の今月十日、歴史に残る大空襲はあった。

鎌倉で暮らしていた高見は大空襲を知らなかった。その翌々日に浅草を訪ねてぼうぜんとした。「浅草は一朝にして消え失せた」「(浅草寺の)本堂の焼失と共に随分沢山《たくさん》焼け死んだという。その死体らしいのが、裏手にごろごろと積み上げてあった」と記した。そして、子どもと思われる小さな遺体を見て「胸が苦しくなった」。

一方、鎌倉では「米軍の上陸が近い」とのうわさが広まっていた。ある日、高見は母親を疎開させようと上野駅に向かった。すると駅には列車を待つ被災者の長い列。家を焼かれ、家族を失い、打ちひしがれていたはずなのに、静かに辛抱強く待っていた。その様子に高見は心を打たれた。「私の眼に、いつか涙が湧いていた」「私はこうした人々と共に生き、共に死にたいと思った」

彼が愛した、そんな日本人は今も生き続けている。四年前の震災直後、被災地では暴動が起こるでもなく秩序は保たれ、避難所では少ない食料を分け合い、子どもが高齢者の手を取って支え合った。その光景に世界は涙した。私も高見と同じ心境だった。「日本人と一緒に生きたい」と。

高見が戦時中に身辺雑記を事細かに書き留めた日記は、もはや文学である。戦後、私は高見と知り合い、よく著書を送ってもらった。一九六五年に食道がんのため五十八歳で早世した彼を最後に見たのは地下鉄の車内だった。白いスーツを着た好男子の高見は六、七人の若い女性と一緒だった。

三三年に共産主義者との嫌疑で摘発された高見は、拷問を受けて転向を宣言した。その体験もあって「表現の自由」には思い入れがあった。空襲被害を報じなかった新聞に「いいようのない憤りを覚えた。何のための新聞か」。戦後、言論統制が解かれ「(占領軍によって)自由が束縛されたというのなら分かるが、逆に自由を保障された」と書き残している。

時は流れて現代。大震災の被災地と空襲後の東京が重なって見えた私は、高見に共感するところがある。人心は移ろいやすいが、大震災と原発事故の被害が続いている限り、何年でも報じ続けてほしい。

日本兵の日記

［二〇一五年四月五日］

新潟県柏崎市のドナルド・キーン・センター柏崎で特別企画展が先月始まった。展示されているのは、太平洋戦争中に米軍が押収した日本兵の日記の複製。原本は米国の国立公文書館別館に保管されている。日記のほとんどは、一九四二年から翌年にかけて南太平洋のガダルカナル島で戦死した日本兵のものだ。弾丸が貫通してできたと思われる穴や血痕も残っていた。

展示物を見ながら、私は米海軍の語学士官として初めて派遣された米ハワイ州の真珠湾の基地を思い出した。そこでの任務は米軍がガダルカナル島で押収した日本軍の文書の翻訳。最初は機械の説明書や兵士の名簿といった印刷物があてがわれた。それに私は価値を感じられず、無味乾燥な翻訳が続いた。そんな時、押収文書の保管場所に誰も手を付けない、大きな木箱があることに気が付いた。

上官に聞くと、ガダルカナル島で日本兵の遺体から抜き取った日記が入っているという。木箱から日記を取り出すとかすかな異臭。乾いた血痕の臭いだった。抵抗を感じながらも日記を読み始めると、死を予感しながら吐露した殴り書きに、戦争とはどんなものなのかが分かりはじめた。

米兵は日記を書くことを禁じられていた。日記が敵に渡れば、軍事情報が漏れるかもしれないからだ。逆に、日本兵には、書くことが義務付けられた。日記は上官が検閲して、兵士の愛国心を確認する手段だったという。日本を離れる前の日記には「挙国一致」「鬼畜米英」といった決まり文句が並んだ。ところが、ジャングルの戦地で砲撃され、食糧や水の不足で飢えや渇きに苦しみ、僚友がマラリアに倒れると、それどころではなくなった。

ガダルカナル島は日米間で初めて大規模な地上戦が展開された場所だ。上陸した約三万一千人の日本兵のうち約二万人が戦死。補給が断たれた日本軍はまともに戦えず、多くが餓死や病死だった。瀕死《ひんし》の僚友がうめく塹壕《ざんごう》の中で、背中を丸めながら書いただろう最期の苦悩、家族への思い、望郷の念——。私は耐えられないほど胸を打たれた。

「今何をして居る事か　父母よ兄妹よ　永遠に幸あれ」

「昨晩ワ楽シイ故郷ノ夢オ見マスタヨ　皆ンナ元気デ暮ラシテイルトコロデスタヨ」
「腹が空《す》いてなんだかさっぱり分からぬ」
「顔が青くなりやせるばかり」
「妻よ子供よいつ迄《まで》も父帰る日を待って居てくれ」

私は日記に夢中になり、漢和辞典と和英辞典を何度も引きながら翻訳した。最後のページに「戦争が終わったら家族に届けてほしい」と英語で書かれた日記もあった。その願いをかなえようと日記を隠しておいたが、見つかって没収されたこともあった。

米軍が押収した文書は戦後、ほとんどが焼却処分され、国立公文書館に保管されているのはごく一部という。今回、展示されている日記は私が読んだものかどうか記憶は定かではない。だが、当時を思い起こさせるには十分だった。

あの日記を読まなければ、私は日本の日記文学に深い関心を持たなかったかもしれない。日記を書いた日本兵には会えるはずもなかったが、私に心を開いて語ってくれた初めての日本人であり、かけがえのない親友だったのである。

ニューヨークでの三島

［二〇一五年五月六日］

先月中旬、私はほぼ一年ぶりにニューヨークを訪れた。まだ少し肌寒かったが、人いきれがするこの大都市の魅力は、やはり数々の優れた舞台芸術である。私は旧友に会い、母校コロンビア大学で講演をする合間に、オペラや演奏会を楽しんだ。私と親しかった作家、三島由紀夫もニューヨークの舞台芸術が好きだった。思い起こせば、もう半世紀以上も前になる。彼は自作の近代能をブロードウェーで上演しようと、私を訪ねてきたことがあった。

私は京都大学大学院に留学していた一九五四年、三島と知り合った。友人の計らいで、一緒に東京で歌舞伎を見たのだ。私たちは観劇という共通の趣味もあり、すぐに意気投合した。今年で生誕九十年の三島は、小説はもちろん、近代能も素晴らしかった。私は彼の『班女《はんじょ》』や『卒塔婆《そとば》小町』など五作を英訳して、五七年に出版した。それがニューヨークで評判となり、三島は上演を望んだのだ。

米国の出版社が招待した三島の訪米を地元紙が報じ、何人もが「私に近代能をプロデュースさせてくれないか」と申し出た。三島はその全員と会い、若くて有能な二人を選んだ。三作が演目となり、演出家が決まり、俳優のオーディションも行われた。難航したのは資金集めだった。プロデューサーは「三作の雰囲気が似ていることが問題ではないか」と考え、近代狂言を間に挟むことを提案した。私は難しい注文だと思ったが、三島はいとも簡単に『附子《ぶす》』を下敷きに近代狂言を書き上げた。

それでも、スポンサーは見つからず、プロデューサーは「三作の近代能を一つの芝居に書き換えてくれないか」と言い出した。私は「無理だ」と思った。三作とも登場人物は異なるし、ストーリーがかみ合わないからだ。ところが、三島は何食わぬ顔でやり遂げた。私は、難しいことをたやすくこなせる人が天才だと思っている。私の周りで当てはまるのは、日本に来たこともないのに『源氏物語』を名文に英訳したアーサー・ウエーリと三島ぐらいだ。

三島作品は現在でも世界各地で上演されていて、そのレベルの高さには定評がある。だが、ニューヨークではタイミングの問題からか、スポンサーが見つからなかった。私は力になれず、落胆した。

三島は半年ほどの滞在中にオペラやミュージカル、バレエ、演劇などに足しげく通った。私は時間があるときにはガイド役を買って出て、意外な場所にも案内した。アムステルダム大通りの百二十丁目にあったコロンビア大学の書籍部だ。三島が「ラテン語で地名表記された月の地図が欲しい。どこかで買えないか」と言い出したので、そこに連れて行ったのだ。

その地図には「Mare Foecunditatis」と記載された海があった。日本語訳は「豊饒《ほうじょう》の海」。それは三島の遺作の題名でもある。七〇年に三島が自決する直前だった。私はその題名が気になり、手紙で意味を尋ねたことがある。返信には「月のカラカラな嘘《うそ》の海を暗示した」とあり「日本の文壇に絶望」とも書かれていた。豊かな才能に恵まれながら「何もない。カラカラだ」と虚無感にさいなまれた天才、三島。既に自決を決めていたのだろう。私は、その文面に背筋が凍りついた。

素敵な女友達ジェーン

［二〇一五年六月七日］

今月で私は九十三歳。長寿の部類ではあるが、医学の進歩もあって最近は、そう珍しくもないだろう。日本では少子高齢化が問題視され、高齢者の増加がまるで社会悪かのようにいわれている。だが、誰もが年を取るし、年齢と能力は別である。米国では履歴書に年齢を書く欄はないし、年齢を理由に求職者を受け入れなければ法的問題となる。建前かもしれないが、私はその考え方に賛成である。

先々月から先月にかけて、私は米国とイタリアなどに講演旅行に出かけた。多くの友人とも旧交を温めたが、彼らは世間的には高齢者ばかりだ。だが、皆が皆、年齢を感じさせず、私はエネルギーをもらったように感じる。中でも九十八歳のすてきなインテリ女性、ジェーン・ガンサーとの知的会話は掛け値なしに貴重な時間だった。

ニューヨークの高級住宅街アッパーイーストにジェーンの部屋はある。定期的に家事へルパーは来るが、基本的には気ままな一人暮らし。先立たれた夫は「内幕もの」のルポで知られ、日本でもベストセラーとなった『死よ驕《おご》るなかれ』を書いたジャーナリストのジョン・ガンサーだ。彼がソ連の首相だったフルシチョフを取材した時にジェーンも同行して「米国では誰もがこんな美人を嫁にするのか」と言わせた逸話の主である。

私がニューヨークのコロンビア大学で教えるようになった一九五五年からの付き合いだ。彼女が開くホームパーティーに呼ばれるようになり、多士済々と顔を合わせた。ケネディ大統領の妻ジャクリーンにも会った。二十世紀を代表するピアニストのアルトゥール・ルビンシュタインやキューバ危機の時に米国の国連大使だったアドレー・スティーブンソンにも。ジェーンに頼まれ、パーティー常連だった初期ハリウッドの美人女優グレタ・ガルボを芝居にエスコートしたこともある。

仏教学者の鈴木大拙や映画監督の黒沢明の影響で、五〇年代から六〇年代にかけて、ニューヨークでは日本がちょっとしたブームになっていた。日本文学研究者の私も名士たちの関心の対象となった。そんな時代から半世紀以上もジェーンとの関係は続いている。

彼女が素晴らしいのは、おしゃれで社交的。その上、知的好奇心が旺盛で今でも毎日、新聞を隅から隅まで読み、どんな話題にも自分の意見を持って、サラリと主張できることだ。今回もニューヨーク滞在中に二度、ジェーン宅で時を忘れて会話を楽しんだ。日本の集団的自衛権の行使容認、原発事故の避難者がまだ帰宅できないのに東京五輪の準備を進める矛盾といった話題にも一言はさみ、来年の米大統領選挙に話が及ぶと「気が進まないけど、クリントンに投票するしかないわね」。

地元紙に戦後特集で載った日本軍の元特攻隊員のインタビュー記事を私のためにスクラップしていて「この記事はいいわよ。読んでごらんなさい」と勧めてくれた。

ジェーン宅で会ったジャクリーンの娘キャロラインは駐日米国大使になった。先日、大使公邸に招待され、大使の夫のシュロスバーグに会ったが、彼はコロンビア大学で私の授業を受けていたそうだ。何とも奇遇な人の輪。今度は、その話をジェーンにしよう。長生きはするものである。

ジェーン・ガンサーさん（左端）の自宅で再会を喜ぶキーンさん（左から2人目）。右からキーンさんの養子の誠己さんと、キーンさんの友人のマリー・リッチーさん＝2015年6月、米ニューヨーク

文豪谷崎との交流

［二〇一五年七月十二日］

文豪、谷崎潤一郎が友人の作家、佐藤春夫に書いた手紙が見つかったという記事を読んだ。今月で「大谷崎」が亡くなってちょうど五十年。谷崎と私は親子ほども年が離れ、友人と呼ぶにはふさわしくないが、生前の彼とは親しい間柄だった。何度も自宅に招かれ、夫人の松子も私を大切な客としてもてなしてくれた。

古典が専門の私が京都に留学した一九五三年、ただ一人知っていた存命の日本人作家が谷崎だった。欧米で日本の本が入手困難な時代、谷崎が『源氏物語』の英訳者アーサー・ウエーリに自著『細雪《ささめゆき》』を送り、それを私は読んでいた。留学先を京都とした理由の一つは谷崎が住んでいたことだった。

留学二年目の初秋、思わぬ幸運に恵まれた。友人のエドワード・サイデンステッカーが谷崎の『蓼《たで》食う虫』を英訳していた。東京在住のエドワードを訪ねた時に、その英訳を谷崎に届けるよう頼まれたのだ。喜び勇んで下鴨神社に近い自宅に出かけた。

谷崎邸は立派な和風建築だった。応接間には「コン」「コン」と庭の鹿脅《しし》しから風流な竹の音。私は硬くなっていたが、和服の谷崎は意外にも気さくで、会話は弾んだ。話題は『細雪』に及び、私は思い切って「私小説なのか」と聞いてみた。上品で身のこなしが優雅な松子と『細雪』に登場する四人姉妹の次女、幸子が何かと重なって見えたからである。すると「本当に近い話だよ」と笑うではないか。

初期の作品には西洋崇拝が目立った谷崎は、すっかり日本回帰していた。日本の伝統美を論じた随筆『陰翳礼讃《いんえいらいさん》』には、お手洗いが青葉やコケの匂う場所として描かれていて、私は谷崎邸のお手洗いを見てみたかった。だが、期待は見事に裏切られた。ピカピカの白いタイル張りだったのである。

五五年に留学を終えて私は帰国することになった。谷崎は自宅で送別会を開いてくれ、松子が舞を披露してくれた。谷崎は私に好感を持っていたそうだ。私の著書『碧《あお》い眼の太郎冠者《かじゃ》』に谷崎が寄せた序文には、私の体が日本人と比べても大きくないことが「親しみを感じさせる」「少しも辺幅を飾ろうとしないので、それが一層、親近感や安心感を抱かせる」とあった。米国の学生時代、体が小さくて子どもっぽく見えることが私の悩みだったが、日本では役に立ったのである。

私はノーベル文学賞の委員会から数回、谷崎について問い合わせを受けたことがあった。その都度、「日本の最も優れた作家」と返答した。亡くなる前年の六四年には外国通信社が「谷崎氏、受賞」と誤報したこともあった。有力候補だったのだろう。ただ、シェークスピアやベルディといった歴史に残る天才がそうしたように、谷崎は晩年にも自分を飾ることなく、代表作の『瘋癲《ふうてん》老人日記』に実体験を喜劇として描くことができた偉大な作家だ。本人はノーベル賞に、あまり執着はなかったようだ。

思い返すと、随分と失礼なこともした。後にわび状を書いたが、『源氏物語』の谷崎の現代語訳とウエーリの英訳を比べて「ウエーリの方が優れている」と書いた論評が、手違いもあってそのまま文芸誌に載ってしまったのだ。さらには、谷崎の訃報を聞いた時に、弔電の宛名を、妻の松子とすべきところを『細雪』の次女、幸子としてしまった。とんだ失態だが、大谷崎のことだ、笑ってすませているだろう。

軍部の暴走と黙殺の果て

［二〇一五年八月九日］

七十年前の今月、太平洋戦争が終わった。戦時中、米海軍の語学士官だった私は、多くの日本人捕虜と接してきた。その数は何百人になるだろうか。全員がそうだったわけではないが、多くは捕虜になったことを恥じていた。「どうせなら死んだ方がよかった。殺してくれ」「日本には帰れない。家族に合わせる顔がない」と頭を抱えた。

「日本兵が捕虜になったことはない。神武天皇の時代からの伝統だ。捕虜となるなら玉砕せよ」と、日本兵はたたき込まれていた。いわば洗脳である。

一九四三年五月、日本軍最初の玉砕の地となったアリューシャン列島のアッツ島の戦いに私は参加した。日本兵は勝ち目がなくなると、最後の手りゅう弾を敵に投げるのではなく、自分の胸にたたきつけて自決した。そんな遺体があちらこちらに散らばっていた。全滅ではなく玉砕。他国の軍なら、あり得ない光景だった。

民間人も「女は辱めを受け、男は戦車にひき殺される。捕虜になるなら自決しろ」と言われていた。サイパン島では若い母親が幼子を抱えて次々と崖から飛び降りた。その悲劇を米誌が報じると、日本の新聞はそれを「日本婦人の誇り」と美化して伝えた。

日本兵は本当に捕虜になったことはないのかと、私は疑問に思い、戦時中に調べてみた。すると、日露戦争では多くの日本兵が捕虜になった記録が残っていた。捕虜の扱いについて定めたジュネーブ条約を盾に、「ウオツカを飲ませろ」と収容所の待遇改善を求めた将校までいた。

それが、太平洋戦争時には一変していた。「勝てない」と言われていた日清、日露両戦争に日本は勝ち、力を持った軍部はおごりと野心からか、国民に「日本は神の国」と刷り込んだのだ。

太平洋戦争時に書かれた日本人作家の日記を読み返してみると、当時の世相が垣間見える。言論統制の影響も大きかったろうが、真珠湾攻撃の直後には高揚感にあふれる記述が目立っていた。

反戦的で親米派といわれた吉田茂元首相の長男の健一でさえ、「暗雲が晴れて陽光が差し込んだ」と興奮気味だった。伊藤整は「この戦争を戦い抜くことを、日本の知識階級人は、大和民族として絶対に必要と感じている」「民族の優秀性を決定するために戦うのだ」と書いた。

だが、太平洋戦争の結末は言うまでもない。日本が優勢だったのは最初の半年程度。四二年六月のミッドウェー海戦が転機となり、米国の圧倒的な物量に押されて、占領地を次々と失った。

当時、南洋諸島で最大の飛行場があったテニアン島を四四年八月に奪った米軍は、日本各地を空襲するようになった。私は不思議で仕方なかった。イタリアとドイツが攻め込まれて崩壊し、日本も勝てるはずがないのになぜ降伏しないのか。しかも、勇ましい大本営発表は続いた。その一方で東京は大空襲で壊滅状態に陥った。沖縄は占領された。広島と長崎に原爆が落とされ、何十万人もの命が奪われた。

戦後、私が知り合った日本人の大多数は「勝てるはずがなかった」と自嘲気味に話した。だが、分かっていたなら、なぜ開戦したのか。旧満州（中国東北部）の建国に続き、日本軍のフランス領インドシナへの進駐で日米関係は決定的に悪化した。外交交渉には譲歩も必要だが「神の国」は突き進んでしまった。

開戦後も、私の友人で日本生まれの米工作員ポール・ブルームは欧州駐在の日本人武官を通じて終戦工作に奔走した。日本側からの反応は常に「敵にだまされるな」。理性的に考えた形跡はなかった。

戦前も戦時中も、戦争への反対意見はあった。高見順や清沢洌《きよし》、渡辺一夫らは、時代に翻弄《ほんろう》されながらも日記に反戦をつづっていた。

太平洋戦争に至る過程では、権力中枢のごく少数が国民をだましたといえる。だまされた国民は兵士となって加害者となり、被害者にもなったのだ。だが、問題の根幹は日本政府、そして体制に迎合した国民による現状の黙殺だっただろう。

軍部の暴走を誰も止められず、終戦に至るまで黙殺は続いた。私はアッツ島や沖縄の上陸作戦に実際に参加し、戦争がいかに悲惨で無意味なものかを身をもって体験した。同じ過ちを繰り返してはならない。

元捕虜の恩地豊さん（右）と再会の握手を交わすキーンさん＝2007年8月、東京都武蔵野市

「世界のオザワ」を見習う

［二〇一五年九月十三日］

世界的な指揮者の小澤征爾さんと先日、対談した。ボストン交響楽団で長く音楽監督を務めた彼は米国でも人気があり、私は公演に足を運んだこともある。親しくなったのは、二〇〇八年に小澤さんと私が同時に文化勲章を受章してからだ。私がオペラ好きと知っていた彼は、授章式でまるで古くからの友人のように親しげに話し掛けてきた。それ以来、招待されては「世界のオザワ」の公演を楽しんでいる。

小澤さんと私には少なからず共通点がある。一回り以上も年齢差はあるが二人とも戦前派。私がニューヨーク出身なら、小澤さんは旧満州の奉天（中国東北部・瀋陽）に生まれて欧米を主舞台に活動してきた。私は文学を、そして小澤さんには音楽を通じて話し合い、議論できる知己が世界中にいる。

太平洋戦争を知り、海外から日本を俯瞰《ふかん》してきた私たちは、戦後の平和憲法がどう評価され、日本がどう見られているかを肌感覚で分かっている。二人とも徹底した平和主義者なのは、そんな共通体験があるからだろう。対談で小澤さんは、最近の日本について、戦争を知らない政治家ばかりになっていることを懸念して「何か落とし穴が待っているような気がする」と漏らした。私も全く同感だった。

私は大学で教え、後進の指導に力を注いできた。小澤さんもまた若い世代を大切にしている。毎年八月から九月にかけて長野県松本市で開かれ、彼が総監督を務める「セイジ・オザワ松本フェスティバル」でも、特筆すべきは充実した教育プログラムだ。若手の音楽家育成のほか、将来を見据えた子ども向けのオペラ公演もある。音楽に関心を持つ子どもを増やそうという、素晴らしい試みだ。

私もまた、日本文学のファンを増やそうと努力してきた。最近は研究活動に集中しているので回数は減ったが、講演会に呼ばれては日本文学の魅力を紹介し、カルチャースクールで教えてもきた。そんな教育者としての私が、最近、気にしているのは、大学で、法学や経済学といった実学に押されてか、文学部にあまり人気がないことだ。趣味で日本文学を読む女性は中高年を中心に少なくないので、世間的な文学への関心は落ちていないはずなのだが。

日本文学の素晴らしさは世界が認めている。むしろ、海外での評価の方が高いようだ。以前、大西洋に浮かぶポルトガル領の小島マデイラを訪れた際、露店に源氏物語の現地語訳が並んでいて、私は驚いたことがある。日本の大学では日本文学を学ぶ中国などからの留学生が増え、欧米では日本文学の専攻生が増えている。外国人が日本文学に関心を持つことは喜ばしい限りだ。ところが、日本文学を専攻しようと志す日本人は減少が続いている。そのうち外国人が日本人に日本文学を教えることが当たり前になるかもしれない。

私は日本の古典の専門家として「日本の学校教育は間違っている」と主張している。外国語でも教えるかのように、最初に原文で文法を暗記させるのでは味気ない。まずは文学としての面白さを教えるべきだ。私は『源氏物語』の英訳で日本文学の素晴らしさに気付いた。英訳があるように日本には優れた現代語訳がある。

小澤さんは、オペラをかみ砕いて子どもにも食べやすくした。それを見習って、古典も敷居の低い現代語訳で始めるべきだと強く思っている。

超一流の二流芸術国

［二〇一五年十月四日］

新潟県柏崎市にあるドナルド・キーン・センター柏崎が開設二周年を迎えた。記念講演に呼ばれて出かけると、秋晴れの空を泳ぐ赤トンボが歓迎してくれた。千人以上も入る会場での講演会は満席で、東日本大震災の被害を受けた東北や、私が留学生活を送った関西からも多くの人たちが足を運んでくれた。ありがたい限りである。

私は柏崎とゆかりのある三百年以上も前の古浄瑠璃『弘知法印御伝記《こうちほういんごでんき》』の復活上演に関わった。それが縁となって柏崎に同センターは作られ、私が寄贈した書籍など約二千五百点が展示されている。この二年間に、太平洋戦争で戦死した日本兵の「最期の日記展」などの特別企画展も折々に開かれ、情報の発信拠点となっている。

もう四年以上も前だ。「キーンさんのメモリアル・ホールをつくりたい」と打診された。英語で「メモリアル」は故人をしのぶ施設。「死ななければならないのか」と思ったが、それは勘違いで、こんなに素晴らしい施設ができた。生きていてよかったと思う。しかし、何よりうれしいのは日本文学を軸とする文化が柏崎に育ちつつあることだ。

同センターでは日本文学関係の専門家たちの講演会がしばしば催されている。「日米の文化交流の場」と米国大使館の公使も訪問してくれた。日本兵の日記展に込められた反戦への思いに、東京のコーラス団体が賛同して、寄付金を届けてくれたこともある。地元にはボランティア団体ができ、運営を手伝っている。こそばゆいが「キーン先生のちぃず饅《まん》頭《じゅう》」という菓子も誕生した。

今回の講演会でも、地元の高校生が進行を手伝い、柏崎市内の中学生が約百十人も来てくれた。友人の世界的指揮者、小澤征爾さんは「本物に触れれば、何かを感じて音楽を志す人が必ず出てくる」と若い世代に積極的に音楽を聴かせている。それに私も共感する。将来、柏崎から素晴らしい人材が輩出されるだろう。

しかし最近、気になっているのが人文社会学系学問への冷淡な風潮である。特に、中国や韓国の経済的な台頭で、東アジアにおける日本の存在感が絶対的でなくなってから、そんな傾向を感じる。拝金主義に拍車がかかり、新自由主義の影響か、効率化や短期的利益ばかりが求められているようだ。だが、忘れてはいないだろうか。日本の経済発展は豊かな文化という土壌に支えられていることを。

太平洋戦争が終結した七十年前、日本は全てが荒廃していた。それから驚異的な復興を果たした背景には、日本の教育水準の高さと同時に、日本人の教養の高さもある。私は日本を「超一流の二流芸術国」と評している。もちろん一流芸術もあるが、特筆すべきは誰もが俳句や短歌、生け花や書道といった芸術を気軽に楽しんでいることだ。これほど教養レベルの高い国は他にない。芸術には批判精神も必要で、健全な社会の証しでもある。

人文社会学系の学問は、そうした文化や教養を育むためには必修。それを抜きに経済発展を追求しても社会は空洞化して、崩壊する。日本の歴史を振り返っても、それは明らかだ。軍国主義時代のように、権力者が多様な価値観を否定すれば社会はゆがむ。

ドナルド・キーン・センター柏崎で、運営ボランティアの市民たちに囲まれるキーンさん㊥。右は養子の誠己さん＝2014年4月、新潟県柏崎市

同じ歳の寂聴さん

［二〇一五年十一月八日］

先日、京都・嵯峨野の寂庵に作家の瀬戸内寂聴さんを訪ねた。知り合ってから、もう三十年近い付き合いの友人である。昨年五月に背骨の圧迫骨折で入院され、その後、胆のうがんも見つかって、手術を受けられたそうだ。随分と心配したが、お目にかかると元気そのもの。ほぼ二年ぶりの面会に、話は弾んだ。

共に一九二二年生まれで太平洋戦争を経験した九十三歳。寂聴さんの誕生月は五月で六月の私とは一カ月しか違わず、日本文学を軸に同じ時代を生きたからか、私たちの意見は何かと一致する。

集団的自衛権の行使を容認する新安全保障法制に反対して国会前の集会にも参加した寂聴さんが「今の政治家は戦争を知らない」と批判すれば、私も「日本と米国が一緒に戦争するのは恐ろしいこと」と同意した。福島原発で大事故があったにもかかわらず、原発が再稼働している現状に、寂聴さんが「日本には火山がある。地震も多くて危険」と反原発を主張すれば、私は「脱原発のドイツを見習うべきだ」とうなずいた。

余談ながら最近、寂聴さんと私が出した本にも共通点がある。偶然にも表紙にそれぞれの似顔絵が大きく描かれ、どことなく似た装丁だ。数カ月早く出た寂聴さんの本は販売好調で「パッと見て『面白そう』と思ってくれるみたい。キーンさんのお顔の本も売れますよ」とおだてられ、噴き出してしまった。

話は尽きない。今月一日は「古典の日」、三日は「文化の日」。話題は私たちが愛する日本文学に移っていった。

まずは、私が評伝を書いた歌人の石川啄木。寂聴さんの少女時代に啄木ブームがあったそうで、何度も歌集を読んでは歌を覚えたという。さらには、私の友人で作家の三島由紀夫。寂聴さんがファンレターを書いたところ「三島さんが『いつもは出さないけれど、あなたの手紙は面白いので』と返事をくれた」そうだ。そこで小説を読んでもらうと「『手紙は面白いのに、小説は何てつまらないんだ』と言われた」と秘話を打ち明けられ、またしても大爆笑だ。

話は古典に及んだ。『源氏物語』の英訳を読んで日本文学に傾倒した私は、日本の古典教育は間違っていると思っている。いきなり原文で文法を教えられても味気なく、敬遠されてしまう。『源氏物語』には寂聴さんの現代語訳もある。読みやすい現代語訳で文学として楽しみ、それから原文に当たればいい。

女子短期大学の学長を務めたことのある寂聴さんも「どうすれば学生が古典に関心を持ってくれるか」と腐心したそうだ。寂聴さんのアイデアは『源氏物語』の漫画本だった。「まずは、好きになってもらわないと。よくできている漫画本があったので何十冊も買って『読んでみなさい。面白ければ原文も読みなさい』と言ったら、結構、関心を持ってくれた。それと色っぽいところを事細かに説明すると、喜んで聞いてくれてね」

私もまた井原西鶴の好色物をお薦めの古典にしている。確かに古典は少し難しい。けれども、時代を越えて残るには理由がある。二度、三度と読めば必ず良さが分かる。寂聴さんも私も、多くの人が古典の入り口に立ってくれるよう願っている。

米海軍語学校の同期生ケーリ

［二〇一五年十二月六日］

母校の京都大学に講演で呼ばれて、出かけてきた。私が奨学金を得て日本に初めて留学したのが同大学大学院だった。一九五三年からの二年間、日本文学を堪能する一方で、寺や神社に足しげく通った。日本食しか食べず、いろりのある下宿の三畳間に布団を敷いて寝た。当時の写真を見ると、私はいつも笑顔。恋い焦がれた日本での生活はまるで夢のようだった。

講演では当時、親交があった人たちについて話した。文豪の谷崎潤一郎や元文部大臣の永井道雄ら皆が皆、大切な人たちだ。その中でも最も世話になったのは米海軍で一緒だった同志社大元教授のオーティス・ケーリだ。

オーティスは海軍語学校の同期生。父が日本でキリスト教を布教していた宣教師で、オーティスは北海道小樽市で生まれ、十四歳まで日本にいた。海軍時代、語学将校だった私たちは共に行動することが多かった。最初の戦場は、物量に勝る米軍に追い詰められた日本軍が、初めて玉砕したアリューシャン列島のアッツ島。四三年五月。日本兵は最後の手りゅう弾を、敵に投げるのではなく、自分の胸にたたき付け自爆した。その遺体に私たちは戦慄《せんりつ》し、言葉を失ったことは、今もはっきりと覚えている。

その後、ハワイの日本人捕虜収容所の所長となったオーティスは、ある作戦に従事した。捕虜だった元新聞記者たちと協力して戦況の現実を伝える日本語の新聞を作り、日本各地に空からばらまいた。日本人の厭戦《えんせん》気分を高めれば終戦が早まると思ったからだ。

戦後、米国の大学で教えていたオーティスは四七年に人材交流で同志社大に派遣された。海軍を除隊後も連絡を取り合っていたが、再会したのは私が京大に留学した時。外国人の受け入れ先が少ない時代に、先に京都にいた彼は私に希望通りの下宿を紹介してくれた。留学中に初めて日本語で講演したのも彼の後押しがあったから。何かと面倒を見てくれた。

あまり知られていないが、戦後日本の民主化にオーティスは大きな役割を果たした。彼は終戦直後の四五年末、日本人捕虜の親戚を介して親しくなった高松宮に「天皇に全国を巡幸していただき新しく民主的な天皇像を構築しては」と進言した。それが天皇の「人間宣言」と巡幸にどれだけ影響したかは分からない。だが、道筋を示したことは記録に残っている。

また、日米史が専門だった彼は、原爆投下の標的だった京都がなぜ被害を免れたのか、調べた。当時の陸軍長官ヘンリー・スティムソンが戦前に京都を訪問していて、その歴史的価値を知っていた。そこで、猛烈に反対して、京都を標的から外したことを明らかにした。

最近、オーティスが小樽市の小学生時代に書いたという作文を読んだ。そこには拙い字で「せんそうはわるい（悪い）事です」「世界はきょうだいみたくくらせばよいのです」とあった。彼も筋金入りの反戦主義者。海軍に入ったのは、私と同様に「日本語を使って一日も早く戦争を終わらせよう」と思っていたからだ。

ジャズ好きのオーティスはルイ・アームストロングが来日公演した際に、自分の車にサインしてもらったことが自慢だった。二〇〇六年四月に八十四歳で亡くなった彼の追悼式ではアームストロングの曲が流された。オーティスもまた、戦後日本に欠かせない存在だった。

日記は日本の文化

［二〇一六年一月十日］

新年を迎え、おせちを前にふと思い起こすことがある。米海軍の語学士官時代に翻訳した日本兵の日記だ。海軍が南洋の島で日本軍の遺留品として回収した日記に、こんな記載があった。

「戦地で迎えた正月。十三粒の豆を七人で分け、ささやかに祝う」

物量で勝る米軍の攻撃に追い詰められ、補給路も断たれて孤立した七人。この直後に玉砕したのだろう。思いをはせると胸が苦しくなる。

日記とは不思議なものである。あくまでも個人的な備忘録であり、内面の告白でもある。すすんで人に見せるものではない。だが、記録すれば、いつかは誰かの目に触れる。この日本兵も、何かを伝えたかったのだろう。戦争の現実がどんなものかを。

私が日本の日記文学に引かれるようになったきっかけは、この海軍時代の経験だ。調べてみると、日本には『土佐日記』もあり、平安時代から日記の伝統がある。しかも、日記を書くのは一部のインテリだけではなく、広く普及している。太平洋戦争時には、生きるか死ぬかの兵士にも銃器とともに日記帳が配られていた。

日記文学研究をライフワークとする私が最近、熱中したのは二十六歳で亡くなった天才歌人、石川啄木の日記だ。それを読むに、啄木は考え方がよく変わり、一貫性がまるでない。妻を愛しながらも、不貞行為に走る。経済的に援助してくれた友人に感謝しながらも「嫉妬深い」「弱い」とこき下ろし、一時は尊敬し、慕っていた詩人を「此《この》詩人は老いて居る」と片付ける。

啄木は「妻に読ませたくない」という理由でローマ字で日記を書いたことがある。だが、妻はローマ字を読めた。しかも、その日記は上質な紙に誤字脱字なく書かれてあった。おそらく下書きをして清書したのだろう。読まれたくはないが、知ってほしいという、矛盾した願いが垣間見られる。啄木日記は人間味にあふれ、実に魅力的だ。

晩年、啄木には悲劇が続いた。息子は生まれてすぐに亡くなった。啄木の肺結核は悪化するばかりで、母と妻も病に倒れた。しかし、医者に払う金が無い。そんな吐露は、無名の日本兵が残した日記とも重なる。

太平洋戦争中、私にとって初めての戦地となったアリューシャン列島のアッツ島に向かう途中、洋上で読んだのが紫式部や和泉式部が残した日記の英訳だった。当時、米国にあった一般的文献より、日記の方が日本人を理解するには役に立つと思ったからだ。

日記は日本の文化である。毎年、年末には書店の店頭に日記帳が並ぶ。新年には、新しい日記帳を開く人も多いだろう。私も何度か書こうと思ったが、大人になってからは書いたためしがない。だが、それで後悔することがある。例えば以前、谷崎潤一郎の自宅に招かれたときに志賀直哉がいて、大作家二人との対談に参加した。二人の姿は覚えているのだが、話の内容を思い出せないのだ。

当時、私は記憶力が抜群で「忘れるはずがない」と思っていた。ところが、年を取って忘れることを覚えたのだ。せめて、日記に残していれば、と思うが後の祭りである。

最後の晩餐

［二〇一六年二月七日］

演出家の宮本亜門さんが先日、「三島由紀夫がどんな人だったか知りたい」と私を訪ねてきた。三島の最後の戯曲『ライ王のテラス』を東京の赤坂で三月に上演するそうだ。「十二世紀末のカンボジアを舞台に病魔で肉体が朽ちていく国王が、夢を託して美しい大伽藍《がらん》を造成する」という物語だ。三島の生き方が反映されている作品とされ、演出の参考にしたいという。

私は一九六九年に初めて上演された『ライ王のテラス』を三島と共に観劇した。「お役に立てるのなら」と喜んで、宮本さんに思い出を話した。

三島は私が天才と認める数少ない一人だ。小説、近代能、戯曲と幅広い分野に優れた作品を残した。三島が原稿を書くところを見たこともあるが、スラスラと書き連ね、それでいて誤字脱字はほとんどなく、まるでモーツァルトの楽譜のようにそれ自体が芸術だった。

また、三島は芝居や歌舞伎などの観劇が好きで、自ら映画に出演したこともあった。

宮本さんは高校時代に引きこもり生活をした時期があったという。その時に三島作品を読みふけったそうだ。五年前には三島原作の『金閣寺』を舞台で演出した。宮本さんは三島について「まるで舞台で演じていたような人生だった」と指摘した。確かにそんな一面はあった。

三島は私に「ベタベタした関係を望まない」と話し、個人的な話に立ち入ることを避けた。それでも文学や世界情勢など話題は尽きず、いつも大声で話し、大笑いして会話は弾んだ。だが、そんな振る舞いの半面、非常に繊細だった。行動は計画的で手帳に詳細な予定を書き込み、それが狂うことを嫌った。私が約束の時間に遅れると、とても不快な表情を見せた。

そんな昔話をしながら、三島が自決する三カ月前、七〇年八月の出来事を思い出した。三島は毎年夏を静岡県下田市で過ごしていた。そこに、私を招待した。その日の昼食はすしだった。三島は中トロばかりを注文した。夕食時には共通の知り合いが加わり三人で和食店に出かけた。三島はいきなり伊勢エビを五人前も注文した。それでも「足りない」と二人前を追加した。

高価なものばかりを食べ急ぐ三島は初めてだった。何かがおかしいと感じた。私は約束を破り、「悩みがあるなら、話してくれませんか」と内面に触れようとした。三島は目をそらし、押し黙った。何も答えなかった。

今、思えば、最後の晩餐《ばんさん》にもシナリオがあったのだろう。翌日、三島は遺作『豊饒《ほうじょう》の海』の最終章の原稿を「読みませんか」と私に手渡した。前の章をまだ読んでいなかったので断ったが、私の反応は筋書き通りだったのか。それとも、読んで何か意見を言えば、その後の三島の人生は変わったのか……。

翌九月に私が羽田空港からニューヨークに向かう朝、夜型の生活で徹夜明けだっただろう三島は、無精ひげに充血した目で見送ってくれた。そんな姿も初めてだった。

『豊饒の海』の最終章には三島が自決した七〇年十一月二十五日の日付が残っている。歴史上は書き上げた直後に、自衛隊市ケ谷駐屯地に向かい、割腹自殺したことになっている。だが、三カ月前に最終章はあった。日付は最期の演出かもしれない。

宮本さんは私を通じて、少しは三島に近付けただろうか。舞台の成功を祈っている。

現代人・啄木

［二〇一六年三月二十日］

私が日本人となった四年前からの研究活動の集大成がようやくまとまった。二十六歳で亡くなった天才歌人、石川啄木の評伝だ。彼の名前をそのまま書名にした。英語版も今秋、ニューヨークで出版される。啄木の関連本は数多くあるが、必ずしも実像には迫っていない。私は、短歌だけでなく、彼が残した日記や手紙を通じて「新しい啄木像」を描き出せたと思っている。

彼は良くもあしくも天才だった。盛岡市の山間部にある寺の住職の長男として生まれた。教育環境に恵まれていたとはいえず、中学も中退。だが、驚異的といえる量の書物を読み、独学で英語を覚えて洋書にも親しんでいた。短歌に説明は不要だろう。文語体を駆使して、その時、その場の心象風景を三十一文字に見事に凝縮した。

東海の　小島の磯の　白砂に　われ泣きぬれて　蟹《かに》とたはむる
たはむれに　母を背負いて　そのあまり　軽きに泣きて　三歩あゆまず

こうした名歌を、何の苦もなく詠んだ。一晩に百首、二百首と桁外れの量産をしたこともある。私は啄木が最初の現代人だと思っている。感性は私たちと何一つ変わらず、彼の歌が「昨日、詠まれた」と聞いても違和感はない。その才能は与謝野晶子、森鷗外、夏目漱石ら当時の大家たちが高く評価していた。

私生活でも非凡という意味で天才だった。父親は借金を踏み倒すことで悪名高かったが、啄木も金銭感覚がルーズ。酒やたばこ、そして女と遊ぶために、返す当てもなく借金を重ねた。北海道釧路市での新聞社勤務時には、芸者遊びが常で、そのツケを芸者が啄木に代わって払っていたこともあった。

東京で生活を始めた啄木は中学時代の初恋の相手と郷里で結婚式を挙げることになった。ところが、交通費を用立ててもらったにもかかわらず、姿をくらまして式をすっぽかしたこともあった。

それでも、才能を認めた知人、友人は金を貸し、職を世話して支えようとした。啄木も気に入った仕事には能力を発揮して、恩顧に応えた。だが、天才肌にありがちな気分屋で失職を繰り返した。彼の悲劇は、短歌を詠んでも、金にならず、それでは生活できなかったことかもしれない。金になる小説を書こうとしたが、瞬間を切り取る天才歌人は、不幸にも長い文章の構成能力には欠けていた。

啄木が赤裸々に書き残した日記を読めば、一筋縄ではいかない複雑な人間性が浮かび上がる。妻への愛をささやきながら、不貞行為に溺れる。金を貸してくれる友人に恩を感じながら、絶縁する。世話になった歌人を感謝しながらも、こき下ろす。朝令暮改を繰り返し、矛盾だらけだ。啄木は多くの日本人に愛される国民的歌人である。甘い顔立ち、数々の印象深い名歌。そして、生活苦に喘《あえ》ぎながら肺結核を患い、ろくな治療も受けられずに早世。ドラマ性ある生涯だった。

そんな歌聖のイメージが先行してか、これまでの研究者は負の側面に迫ることを避けていたようだ。だが、それでは全体像は分からない。私が啄木の日記を初めて読んだのは六十年以上も前。その時から「いつかは」と思っていた日本文学のタブーへの挑戦を、日本人になってようやく果たした。

英語歌舞伎で『忠臣蔵』

［二〇一六年四月二十四日］

米西部オレゴン州のポートランド州立大学で学生が中心となって演じた英語歌舞伎『仮名手本忠臣蔵』を観劇してきた。監督は私の教え子で同大教授のラリー・コミンズ。二月から三月にかけての八回公演で初日は演技が硬かったが、回を重ねるごとに目に見えて完成度を上げたそうだ。私が観劇した最終日は見事なばかり。ラリーの『忠臣蔵』は原作に忠実ではなかったが、外国人に喜ばれるような演出で大成功だった。

『忠臣蔵』を一九七一年に最初に英訳したのは私だ。それをハワイ大学のジェームズ・ブランドン教授が脚本化して、七九年に同大で初めて公演した。今回が三十七年ぶり二度目となるが、日系人が多いハワイとは違う米本土では初めてで、歴史的公演に多くの日本メディアが取材に訪れた。その歴史を作ったのはラリーの情熱だ。

彼が初めて『忠臣蔵』を見たのは大阪。七八年だった。今から六十年以上も前に、京都大学大学院に留学していた私は、「日本文化を知ろう」と狂言を習った。それと同様に、歌舞伎に引かれたラリーは、三味線を習い始めた。日本研究で知られるポートランド州立大の教壇に立ってからは「歌舞伎演技」という実習科目を作った。自らが音楽を担当する地方《じかた》となって、学生とともに、これまでに『外郎売《ういろううり》』『鰯売恋曳網《いわしうりこいのひきあみ》』などを上演した。だが『忠臣蔵』のような大作となると話は別。衣装や道具なども大掛かりだ。

ラリーは二年前から動き始めた。ニューヨークに本部がある米日財団が賛同して助成金を出してくれた。ハワイ大学から七九年に使った衣装を貸してもらうことになった。だが、決して資金は潤沢ではない。カツラは日本のゴム製玩具に手を加えて作り、模造刀は古物商から借りた。

実は、こうした衣装などの担当はラリーの妻の寿美さんだった。古い衣装なので傷みやすく、舞台稽古が始まると、補修は連日深夜に及んだ。着付けや白塗りの化粧には寿美さんの友人、知人の他、妹を東京から呼び寄せて手伝ってもらった。

日本文学や演劇を学ぶ学生を中心に約百十人が集まって、今年一月に「コミンズ一座」を結成。歌舞伎の映像を見ることから始まり、歩き方、座り方、お辞儀の仕方を連日、連夜繰り返し、一方でせりふを覚えて準備を進めた。

私は常日頃、「日本の文学や伝統芸能には世界に通じる普遍性がある」と主張している。『忠臣蔵』は典型だ。義士の忠誠心や高潔さには胸を打たれ、感情を内に秘めての静かな演技は心に響く。

公演に合わせて、私の教え子たちが各地の大学からポートランドに集まってくれた。皆が皆、有能なジャパノロジストだ。彼ら、彼女らによれば、米国で日本文学は古典のみならず近、現代も人気。専攻する学生も増えている。

最近、日本では経済効率や実学が優先され、文系の学問や伝統文化が軽んじられる傾向がある。だが、それは間違いだ。「クール・ジャパン」と造語される前から、海外で評価される普遍的な日本がある。今回の観劇で、義士たちの「エイエイオー」の掛け声を聞きながら、それを再認識した。

＊

熊本震災で被災した皆さんが大変な苦労をされていることに心を痛めています。熊本には講演などで何度か行きました。熊本城が印象的な美しい街でした。どうか気落ちせずに。必ず立ち上がれます。

母の日に思う

［二〇一六年五月八日］

終戦直後にニューヨークの自宅で撮った写真を最近、部屋で見つけた。セピア色の一枚にはソファに並んで座る母と若き日の私。二人とも正装でかしこまっている。何かの記念だったのだろう。七十年も前のことだから、なぜ撮ったのかは覚えていない。だが母と一緒の写真は手元にほとんど残っておらず、私には貴重な一枚だ。新潟県柏崎市のドナルド・キーン・センター柏崎に展示した。

母は社交的で面倒見のいい人だった。自宅の近くには移民が多く住んでいて、外国語があふれていた。母は語学に才があったようだ。近所付き合いするうちにイタリア語やハンガリー語、ポーランド語まで覚えて、簡単な日常会話で交流していた。特にフランス語は流ちょうで聞きほれるほどだった。

ほろ苦い記憶もある。幼少時、私は野球が苦手だった。試合には参加できず、いつもベンチ。そこで母は私の友人にお小遣いを渡して、試合に出させようとした。友人からそれを漏れ聞き、ばつが悪い思いをしたものだ。

お恥ずかしい話だが、両親の仲は良くなかった。父は貿易商。一九二九年の世界大恐慌で一家は困窮した。両親の言い争いは絶えず、最終的には父の浮気で離婚した。仲良しの妹は幼くして病死。私は十五歳から母一人、子一人の母子家庭で育った。

経済的には恵まれなかったが、幸いにも私は自立心が強く、勉強もできた。二度飛び級して、十六歳で奨学金を得てコロンビア大学に入学した。太平洋戦争時には、語学士官として従軍して母に心配を掛けたが、除隊後は学問の世界でそれなりの評価を受けた。母から小言を言われたこともなく、母子関係は良かった。

だが、私は最期にひどいことをした。六一年秋。教職を得たコロンビア大学を休職して、日本で古典芸能を研究していた時だった。母から「身体の具合が良くない。早く戻ってほしい」と手紙が届いた。母は心配性で寂しがり屋。私が数週間も手紙を書かないと決まって「気が付くと私は死んでしまっているよ」と脅してきた。「病気だ」と訴えた時にもせいぜい風邪。そこで私は高をくくっていた。

同じころ、私が尊敬する『源氏物語』の英訳者アーサー・ウエーリから、彼の事実上の伴侶が「死のふちにいる」と知らせがあった。すぐにロンドンで彼を慰め、ニューヨークに向かうべきだっただろう。だが、私は行ってみたかった東南アジアの何カ所かを回ってからロンドンへ。ウエーリと再会してから、ニューヨーク便に乗った。

そして運命のいたずらか、大西洋上で航路が変わった。ニューヨークの空港が荒天で閉鎖され、カナダのモントリオールに緊急着陸した。一泊してニューヨークに飛び、病院へ駆けつけると母は私のことが分からないような状態だった。時々、言葉を発したが何を言っているか聞き取れない。叔母は言った。「せめて昨日なら話せたのに……」。その日に母は亡くなった。

私は罪の意識にさいなまれた。泣くこともできず「なぜすぐに戻らなかったのか」と自問を繰り返した。来月で九十四歳になる私は、いまだにその思いを引きずっている。きょう八日は「母の日」だ。

司馬のメッセージ

［二〇一六年六月五日］

作家、司馬遼太郎と私の対談本『日本人と日本文化』の英訳本が先日、出版された。対談したのは四十五年も前。日本をめぐり意見をぶつけ合ったこの本は、今も版を重ねているロングセラーだ。英訳本は日本に関心のある外国人の理解を深める一助になると思う。

司馬は私より一歳若い一九二三年生まれ。日米で対峙《たいじ》してはいたが、共に太平洋戦争に参加して、戦争の現実を知っている。司馬は私を「戦友」と呼んでいた。

対談はある出版社の発案だった。司馬はベストセラー作家で誰もが彼の本を読んでいた。ところが、日本文学とはいえ古典が専門の私は彼の本を読んだことがなく、気乗りしなかった。それでも、司馬が「キーンさんが前もって自分の小説を読んで来ないこと」を条件にしたと聞いた。迷いはなくなり、お引き受けした。

司馬は歴史に造詣が深く、博識だった。『古事記』『日本書紀』の時代から近現代に至るまで文学はもちろん、日本に影響を与えた外国人や外国文化、そして宗教へと話題は膨らみ、刺激的で実に楽しい時間だった。

対談がきっかけで、司馬との長い付き合いが始まった。忘れられない思い出がある。八二年にある大手新聞社が主催した宴席だ。酔った司馬が突然、その新聞を「ダメだ」とこき下ろし始めた。「明治時代に夏目漱石を雇うことでいい新聞になった。今、いい新聞にするにはキーンを雇うしかない」

歴史に残る文豪と私を同列に扱う、酔狂な発言に一同は大笑い。ほろ酔いの私も気に留めなかった。ところが、外国生まれの異分子ともいえる私が組織活性に役立つとでも思われたのか、一週間ほどして新聞社から連絡があった。私は客員編集委員になり、日本の日記文学などについて連載した。それで複数の文学賞も受賞した。

司馬の推薦がなければ、客員編集委員になっていなかっただろうし、日記文学の研究も思うようにはできなかったかもしれない。不思議な巡り合わせだった。

司馬には一度だけ困らされたことがある。二十年に一度の伊勢神宮の遷宮《せんぐう》に九三年、二人で一緒に参列した。極度に寒がりの司馬は「寒い、寒い」と控室に戻りたがる。私は神事を目の前で見たいのだが、彼は「控室にモニターがある」と袖を引っ張るのだ。今となっては笑い話だが五三年以来、四回連続して遷宮に参列している私は、その時だけはモニター越し。思い起こすと、やはり少し残念だ。

それはともかく、司馬は私によくしてくれた。思うに、日本文学の素晴らしさを海外に紹介していたことを評価していたのだろう。司馬の小説にはメッセージがあった。敗戦と伝統的な価値観の断絶という二つの挫折で落胆していた日本人に「日本の歴史と偉大な先人たちを誇るべきだ」と訴え続けていた。

国際化というのは外国に行くことでも、外国を知ることでもない。「日本文化とは」「日本文学とは」と誇りを持って話し、外国で理解してもらうことである。今年で、司馬が亡くなって二十年。今回の英訳は、何よりも日本の国際化が目的である。

自宅で、英訳された司馬遼太郎との対談本を手にするキーンさん =2016年6月、東京都北区

日本に導いてくれた恩人ウエーリ［二〇一六年七月二十四日］

私には尊敬し、あこがれていた人がいた。『源氏物語』を初めて英訳したアーサー・ウエーリだ。私が学生時代、ニューヨークのタイムズスクエアの書店に彼が訳した『The Tale of Genji』が特売品として並んでいた。「安かった」というだけの理由で買ったが、ページをめくると、そこは繊細な愛憎と美の世界。その感動が、私を日本文学に導いてくれた。先月末で彼が亡くなって五十年。大恩人のウエーリを追悼したい。

『源氏物語』には作家、川端康成の英訳者として知られ彼のノーベル文学賞受賞に貢献したとされるエドワード・サイデンステッカーの訳や、私の教え子のロイヤル・タイラーの訳もあるが、私にはウエーリ訳が一番だ。必ずしも原文に忠実ではないが英文小説として傑作。この上なく美しい英訳なのだ。それにほれ込んだ作家、谷崎潤一郎が自作『細雪《ささめゆき》』の英訳を嘆願したほど。しかも、その魅力は時代を超えて生き続け、今も世界中で愛読されている。

ウエーリは日本語のみならず多言語に才があった。古典中国語も独学で身に付け、老子や孔子を英訳した。欧州の主要言語に加え、サンスクリット語やモンゴル語も理解した。日本でさえ使える人が少ないアイヌ語にも通じていた。私がウエーリに初めて会ったのは英ケンブリッジ大学に留学していた一九四九年。ロンドンにある大英博物館の学芸員だった彼が、アイヌ民族の叙事詩『ユーカラ』について講義した時だった。

私は一時期、「第二のウエーリ」を目指した。だが、「日本の古典は三カ月あれば読めるようになる」と何げなく言う彼の天才ぶりに、日本文学で手いっぱいだった私はあきらめてしまった。

ウエーリ訳の『源氏物語』は英国で高い評価を受け、それを元にイタリア語、スペイン語などに二次翻訳された。もちろん、それだけではない。ウエーリは『万葉集』や『古今和歌集』の他、能の台本である謡曲も英訳して、日本文学の世界的評価を高めた。その貢献度は計り知れない。

何度も日本政府が招請しようとしたが「関心があるのは平安朝の日本であって、現代日本に関心はない」と断り続けた。それもあってか、ウエーリは日本で知る人ぞ知る存在にとどまっている。

告白しておこう。私が日本で最初に受けた大きな賞は六二年の菊池寛賞だった。受賞理由は「日本文学を翻訳し、海外へ紹介した功績」。もちろん光栄だったが、ウエーリのことを考えずにはいられなかった。「私よりウエーリがふさわしい。私ではなく、彼に与えられないか。無理なら、賞を共有できないか」と。

英ケンブリッジ大学に留学中、列車で約一時間半かけてロンドンに行き、私にとっては神のような存在のウエーリと会うことが楽しみだった。ウエーリは私とは話が合ったが、感性鋭い天才肌で相手構わずにいいたいことを口にする人だった。それが災いしてか、晩年は恵まれていたとはいえない。七十六歳で亡くなるまでの数年間は、私が手紙を書いても返事は来なかった。

私がウエーリ訳の『源氏物語』を読まなければ、日本文学研究に人生をささげたかは甚だ疑問だ。日本人として私は幸せな晩年を迎えている。それは彼のおかげなのである。

日本文学を読み、旅に出よう

［二〇一六年八月十四日］

最近、小学生や中学生から「キーン先生、握手してください」と声を掛けられることが増えてきた。もちろん、うれしいのだが、なぜ急に――とけげんに思っていた。考えてみると、どうも東日本大震災後に日本人になった私のことが、教科書に載ったことと関係があるようだ。学校からの講演依頼も増えている。

九十四歳の私は残された時間を考えて、研究活動を優先させている。そのため、講演依頼には、ほとんど応じられずにいる。そこで講演代わりに、というわけでもないが、夏休みに未来を担う子どもたちへ、少しだけアドバイスをさせていただきたいと思う。

まずは読書。優れた日本文学を読もう。お薦めは、やはり古典である。日本の古典教育では、原文の読解と文法が重視される。入学試験でも同様の傾向がある。だが、それは間違いだ。味気なく、面白くもない。文学は、まず読んで楽しむものだ。私は『源氏物語』

の英訳を読んで、古典の素晴らしさを知った。もし、最初に原文を強いられていたら、私は日本文学に関心を持たなかっただろう。

古典には優れた現代語訳がある。それを読めばいい。古典が時代を超えて今に残るのには理由がある。愛憎といった、心の繊細な動きは誰にでもある。義理や人情もそうだ。そんな普遍的な題材が読む人の心を打つ。最初は少し難しいかもしれない。だが、読み進めば、必ず良さが分かる。大人になるには、こうした教養こそが必要なのだ。

それと、一つでいいから外国語を学ぼう。外国を知ることは、自分の国を知ることでもある。日本の常識は、外国で通用しないかもしれない。日本語にあって外国語にはない言葉もある。その逆もある。それが分かれば、日本をより深く知ることになる。

そして、もうひとつ。旅に出ることだ。多感な時期には特に貴重な体験となる。私が初めて海外旅行をしたのは九歳の時だった。父に嘆願して欧州出張に連れて行ってもらった。初めての外国はフランスで、現地の子どもと話をしたくてもできず、とても残念な思いをした。これが原体験となり、私はフランス語の他、日本語や中国語など八、九カ国の外国語を学んだ。

パリの次に訪れたウィーンにも忘れられない思い出がある。博物館に血痕が残る軍服が展示されていた。一九一四年、セルビア人の民族主義者が暗殺したオーストリア・ハンガリー帝国のフェルディナンド皇太子の軍服だ。暗殺劇が第一次世界大戦につながったことを本で読んでいたが、血なまぐさいだけで無益な戦争を思い、言葉を失った。私の平和主義は決定的となり、その衝撃から何十年もウィーンに行けなくなったほどだ。

先日、自宅でアナウンサーの渡辺真理さんに取材を受けた。その時にも、話題は少年時代に及び、初めての欧州体験をお話しした。

せっかくの夏休み、かばんを持って出かけよう。私が愛する平和憲法が揺らいでいるご時世だ。太平洋戦争末期に原爆が落とされた広島や長崎、激しい地上戦があった沖縄もいい。遠出しなくとも身近なところに戦跡は残っている。戦争の悲惨さは本で学ぶだけでなく、現場に足を運び、肌で感じることが大切。それが生きた学習だ。

台風のような五輪報道に違和感

［二〇一六年九月四日］

ようやく終わった。リオ五輪ではない。台風のような五輪報道である。連日、ほとんどの新聞は一面から社会面まで、日本人の活躍で埋め尽くされた。どれもこれも同じような写真が並んだ。どのテレビ局も似たような映像で伝えるのは、日本人の活躍だった。まるで全体主義国家にいるような気分になった。

五輪を否定しているのではない。私も少年時代、下手ながら野球をやり、大リーグのブルックリン・ドジャースのファンで試合観戦が楽しみだった。日々、鍛錬した選手が全力を尽くし、流す汗と涙の美しさは分かっているつもりだ。だが、メディアがこの時ばかり「日本にメダル」と叫ぶことに違和感がある。

五輪の理念は、国境を超えたスポーツを通じての世界平和への貢献である。国別対抗でないことが憲章に明記され、獲得メダル数の公式なランキングもない。五輪が国威発揚の場とされた過去から学んだと聞いた。にもかかわらず、メディアが率先して民族主義に陥っているかのようだ。

メディアには、読者や視聴者が欲する情報を提供する役目がある。日本人が同胞の活躍を気にすることは理解するし、それに応えることも必要だろう。だが、程度問題があるし、ニュース価値の判断やバランス感覚も大切だ。批判精神も不可欠である。それなのに「日本にメダル」と美談ばかりでいいのだろうか。

五輪期間中にも、大ニュースはあった。生前退位を巡る天皇陛下のお言葉も、その一つ。日本が変わるかもしれない、歴史的な出来事だ。私は英ケンブリッジ大学に留学中の一九五三年、皇太子時代の陛下に初めてお目にかかった。それ以来、何度かお会いした。戦争を体験し、平和を愛する陛下が自らの衰えを認め、身を引く考えを示されたことに、私は涙した。

だが、百年後にも語り継がれるそのニュースが、五輪報道に圧迫されたように感じた。広島と長崎では原爆犠牲者を慰霊する平和式典があり、終戦記念日もあった。それらの報道も陰に隠れたように感じた。また、五輪報道も日本人に偏りすぎ、金メダルを取った外国人については、ほとんど知ることができなかった。

次の五輪は東京で開かれる。私が恐れるのは、それに向けた五輪報道で、いまだに故郷に戻れず、生活に困窮する東日本大震災や福島原発事故の多くの被災者が忘れられてしまうことだ。繰り返すが、選手に罪はない。五輪は素晴らしい舞台だし、国際親善の場だと思う。だが、そんな美名に隠されてしまうニュースがあることが問題である。

東京五輪に関しても、これまでにエンブレムや新国立競技場建設、招致活動での不正疑惑といった問題が発覚し、これからも別の問題が出てくるだろう。そもそも、原発事故が継続しているのに、なぜ東京なのかという疑問もある。競技そのものより、それこそジャーナリズムの本領を発揮すべきところだ。

リオ五輪期間中も閉幕後も、福島原発では事故処理が続き、多くの被災者が避難生活を続けている。五輪の光に隠れがちな、そんなニュースを報じ続けることは重要だ。伝えるべきを伝えているメディアを高く評価すべきである。

薄幸の天才歌人・啄木

［二〇一六年十月九日］

本が売れるか、どうかの予測は難しい。私はこれまでに何十冊と書いたが、思い入れと売れ行きは必ずしも比例しない。むしろ逆になることも多く、売れない本が意外にかわいく感じたりするものだ。ところが、今回は思い入れの強い本が売れている。二十六歳で亡くなった薄幸の天才歌人、石川啄木の評伝本だ。硬い文学の本であるにもかかわらず、版を重ねている。

評伝は私が得意とする分野だ。これまでに明治天皇、足利義政、渡辺崋山、正岡子規と書いてきた。いずれの人物にも共通するのは、歴史の変革期に生き、時代を自ら築いたことだ。

それぞれに思い出がある。日本が世界の列強へと変貌する様を見守った明治天皇は、謎の多い人物でもあった。膨大な量の資料から、人物像を描き出す作業は刺激的だった。義政は将軍としては失格だったが、茶の湯、華道など「日本の心」の源流といえる東山時代を築いた文化人だった。崋山は武士であり、画家であり、開国論を信じた知識人だった。廃れかかっていた俳句と短歌に革命をもたらした子規も興味深い歌人だった。

そして啄木。私は彼の日記や手紙を通じて、実像に迫った。言うことがよく変わり、自己矛盾もしばしば。妻を愛しながら不貞行為に走り、女遊びのために借金をしては踏み倒す。歌聖のイメージが強い啄木の現代人に通じる意外な人間臭さを明らかにした。『The First Modern Japanese（最初の現代日本人）』を題名とした英語版も今秋、ニューヨークで出版された。

日本語版も英語版も、表紙にはこれまでにはなかった啄木の写真を使った。啄木には定番写真がある。ポーズを決めてすまし顔のスタジオ写真だ。その紅顔の美少年が、歌聖としての啄木像だった。だが、私の本の表紙は山高帽をかぶり、すこしひねた表情の啄木。彼が釧路新聞勤務時に撮られ、市立釧路図書館に保管されていた。私は「これこそ歌聖のイメージを崩す現代人の啄木」とピンときた。

思えば、こうした評伝に私が取り組むようになった原点は、太平洋戦争時にあるように感じる。米海軍の語学士官だった私は、日本兵が戦場に残した日記を英訳した。弾が飛び交い、死を予感しながら故郷の両親や妻、子どもへの思いをつづった日記だ。それを読んで日本人の心に触れ、どんな人物だったのか思いをはせた。特攻、玉砕をいとわない日本兵とは懸け離れた人間味に「日本人とはどんな人たちなのだろう。もっと知りたい」と思った。それが、明治天皇や啄木の評伝につながったのだろう。

先月、新潟県柏崎市で開設三周年を迎えたドナルド・キーン・センター柏崎の記念催事があった。私も招待され、啄木について話した。同市では、福島第一原発の事故で福島県双葉町から避難した約二百人が今も生活している。その双葉町の伊沢史朗町長が駆けつけてくれた。私は彼から「日本人以上に日本的な心情の人だと実感した」と言葉をいただいた。事故後、約八千人の全町民が避難した双葉町には、今もその一割弱しか戻れていない。啄木と同じ東北人で苦労が絶えないだろう町長の心遣いに、私は日本人でよかったとしみじみ感じた。

「日本学」のセンセイ

［二〇一六年十一月二十日］

先日、群馬県高崎市の土屋文明記念文学館で、恩師の角田柳作先生について講演した。太平洋戦争前、米ニューヨークのコロンビア大学で、私に日本について初めて教えてくれた先生だ。あまり知られていないが、米国で多くのジャパノロジストを育てた「日本学の祖」。もっと評価されるべき教育者である。

一八七七年に角田先生は現在の群馬県渋川市で生まれた。私が、初めてお目にかかったのは一九四一年九月。先生の「日本思想史」を受講しようとした時だ。同戦争前夜で対日感情は最悪。希望者は私だけだった。日本語はほとんど分からず、日本についてまだ何も知らない私のために、先生の貴重な時間を使わせては申し訳ない。辞退を申し出た。ところが、意外な一言に引きつけられてしまった。

「One man is enough（一人いれば十分です）」

謙虚で思いやりがあり、それでいて指導はいつも全力投球だった。講義前に黒板にあふれんばかりに書き込んで私を待っていた。ノートを見ずに空で講義した。教壇にはたくさんの本を持ち込み、どんな質問にも正確に答えてくれた。黒板の日本語を書き写すだけで必死だった私に、緊張をほぐそうとにこやかに声を掛けてくれた。

先生は哲学者のジョン・デューイに師事し、日本思想史が専門だった。だが、日本に関することなら自分で準備して、何でも教えてくれた。私の日本文学研究の原点となる、松尾芭蕉の『おくのほそ道』や近松門左衛門の『国性爺合戦《こくせんやかっせん》』、兼好法師の『徒然草』を教えてくれたのも先生だった。

川端康成の作品を英訳して、彼のノーベル文学賞受賞に貢献したとされるエドワード・サイデンステッカーも先生の教え子だ。私の友人でもあるエドワードも先生を「日本関係の授業を全て引き受けた非凡な才を持っていた。米国における日本学の開拓者だ」と尊敬していた。

当時、ハーバード大学に日本文学研究で有名なセルゲイ・エリセーエフ教授がいた。彼は、日本人の学問を見下し、角田先生をさげすんでいた。だが、先生の講義の方が、十倍も二十倍も楽しく、内容も濃かった。

今回、講演した文学館では、角田先生と私の企画展が催されている。先生の母校、東京専門学校（現早稲田大学）で、大隈重信夫妻と一緒に写っている写真もあり、興味深く見学した。渡米前に、東京新聞の前身の国民新聞に勤務していたことも知った。

戦時中、先生は敵性外国人として身柄を拘束された。日米の対峙に苦悩はあっただろう。だが、日本の軍部を嫌って帰国を勧められても断り、釈放後は何事もなかったかのように教壇に戻った。学生たちに慕われ、何度かの引退の機会にも、その都度引き留められた。コロンビア大学では日本語で「センセイ」と言えば彼のことだった。

六四年、センセイは日本への帰国途中、ハワイで体調を崩し、八十七歳で亡くなった。米紙ニューヨーク・タイムズは「日米の懸け橋が逝去」と異例の大きさで報じた。「少しでも日本への理解が深まれば」と亡くなる直前まで教壇に立ち続けたセンセイ。彼との出会いは、私の人生の宝である。

玉砕の悲劇　風化恐れる

［二〇一六年十二月四日］

太平洋戦争時、米海軍の語学士官だった私がハワイの日本人収容所で知り合った、元日本兵の恩地《おんち》豊さんが亡くなった。享年百三歳。戦後、敵味方のわだかまりを越えて付き合った元捕虜は何人かいた。一人減り、二人減り、恩地さんが最後の一人。ここ数年は会う機会も減っていたが、ご子息から、お亡くなりになったことを伝える手紙が届いた。

戦争末期、恩地さんは陸軍の軍医としてパラオ諸島ペリリュー島に派遣された。そこは、最悪の激戦地の一つだった。兵力、装備で米軍は圧倒的。日本軍は押されながらも徹底抗戦して、最後は玉砕した。一万人以上が戦死。恩地さんは奇跡的に生き残り、捕虜になった。

その激戦は作家、小田実の小説『玉砕』のモチーフとなった。私は、日本軍による初めての玉砕とされる一九四三年五月のアリューシャン列島アッツ島の戦いを目の当たりにした。追い込まれても白旗を揚げず、最後の手投げ弾で自死した日本兵。その光景を忘れられなかった私は、『玉砕』を英訳し、英ＢＢＣ放送がラジオ・ドラマに仕立てて世界に流した。その玉砕を恩地さんは体験していた。

収容所は不思議な場所だ。命を懸けて戦った敵国から、戦地よりも快適な生活環境が与えられる。「生きて虜囚の辱めを受けず」と洗脳されていた捕虜のほとんどは「死にたい」「日本には戻れない」と頭を抱えた。

だが、恩地さんは堂々としていた。戦前から、海外の医学論文を読んでいたインテリだから、海外事情に通じ、捕虜の扱いを定めたジュネーブ条約も知っていた。尋問にも冷静に応じた。私は捕虜に頼まれ、収容所でこっそりと音楽鑑賞会を開いたことがある。恩地さんはそれにも参加していた。

終戦から八年後の五三年だった。京都大学大学院に留学していた私を、恩地さんが訪ねてきて、収容所での思い出話をしてくれた。「医学書を読みたい」と話した彼に、私が本を借りて、持っていったそうだ。私は忘れていたが、それを恩義に感じていた恩地さんが「これからは私がキーンさんの主治医」と言い出して、長いお付き合いは始まった。

恩地さんは、ペリリュー島での体験をほとんど語らなかった。その代わり「何であんな戦争をしたのか。国力、科学力の差からして勝てるはずがなかった」「少しでも海外事情を知っている人は、戦争を始めた東条英機を嫌っていた」とつぶやくことが多かった。同島の激戦は狂気の沙汰だった。日本軍には本土への攻撃拠点にさせまいとの防戦だったが、より本土に近いフィリピンの島が米軍に占領された段階で戦略的に抵抗は無意味になった。それでも日本兵は白旗を揚げずに「バンザイ」と突撃して、散った。

その矛盾を恩地さんは頭で理解しながらも、自らの戦いは肯定した。「『三日で決着する』と言っていた米軍相手に、三カ月粘った」「捕虜になるまでの二カ月は飲まず食わずで頑張った」

目前で多くの僚友を失った彼の複雑な心境は分からないではない。だが、恩地さんですら、自己否定をできないのも狂気の一部なのだろう。私たちは先の戦争から多くを学んだ。恩地さんのような体験者の死で、それが少しでも風化することを私は恐れる。

「勝敗」のない平和こそ

［二〇一七年一月十四日］

部屋の書棚を整理していたら、私の思い出の文書が見つかった。七十四年前に、私が初めて日本語で書いた読書感想文だ。米海軍語学校を卒業後、初めての任地となったハワイ州で、勤務の合間にハワイ大学に通った。課題図書は菊池寛の『勝敗』。日本語で読んだ初めての長編小説だった。拙い感想文だが、その後の長い日本文学研究の原点。新年を迎え「初心忘れるべからず」というおぼしめしかもしれない。

薄茶色に焼けた感想文は、大学ノート二枚に縦書きで、後で手が入れられるように行間を一行空けて書いてあった。『勝敗』は昭和初期の東京が舞台。まだ貴族院があり、女性の自立が難しい時代。急逝した子爵の一人娘と婚外子の娘二人の三人が織りなす人間模様が描かれている。

私は「この先がどうなるのか」と予想しながら読み、意外な展開と心理描写に感心したことを書いていた。大した内容ではないが、「傀儡《かいらい》」「嫉妬」といった難しい漢字も使っていて、日本語を習い始めて一年にしては及第点だろう。

この感想文を書いた当時、私はホノルルの陸海軍合同情報局に勤務していた。主な任務は日本軍の文書の翻訳。陸海軍合同だったのは、陸軍の日系人を使うためだった。海軍は日系人を入隊させず、陸軍兵であっても日系人は海軍基地に入ることを許さなかった。だから、海軍基地の敷地外に合同情報局を設けた。明らかな差別だった。

ハワイや米西海岸には日系人が多く、戦時中は日系人の強制収容所が作られた。私の教え子でハワイ大学の元准教授、ミルドレッド・タハラの家族のように、何ら日本軍と関係がなくとも多くの日系人が収容された。日本への思いから、収容されたままの人たちもいたが、米国へ忠誠を誓い、米軍に志願する人たちもいた。欧州戦線で勇猛果敢に戦い、歴史に名を残した日系人部隊の陸軍第四四二連隊も生まれた。

私が所属した合同情報局にも、ヘンリー・ヨコヤマやドン・オカといった日系人がいた。二つの母国のはざまに揺れ、志願しながら差別され、心境は複雑だっただろう。オカは七人兄弟で、そのうち五人は米兵、二人は日本兵として第二次世界大戦に参加した。オカと日本兵の弟は同時期にサイパンにいて、弟はそこで戦死した。戦争は勝敗に関係なく、人々を傷付け、その傷痕は消えない。

昨年末、安倍晋三首相がハワイの真珠湾を訪問し、戦没者を慰霊した。安倍首相の保守的な政治姿勢は好きではないが、「寛容」「和解」といった思いが感じられ、慰霊自体は評価していいと思う。問題は、これからどうするかだ。

ハワイ時代に感想文を書いた『勝敗』では、子爵の一人娘と婚外子が醜い争いの末、婚外子の一人が精神障害をきたし、一人娘は争いのむなしさに打ちひしがれる。戦争ならなおさらだ。真珠湾の教訓は、再び誰にも銃口を向けず、武力行使をしないこと。争いのない平和こそが勝利である。

異質ではない日本

［二〇一七年二月五日］

気になる映画があったので見てきた。キリスト教が禁じられた江戸時代、長崎を舞台に、ポルトガルから密入国した司祭の苦悩を描いた『沈黙―サイレンス―』だ。私は原作者の作家、遠藤周作と親交があり、原作を半世紀以上も前に読んでいた。江戸時代の日本に関心があったので、ポルトガルなどからの宣教師が母国へ書いた手紙も、かなり読んだことがある。

『沈黙』は、捕らわれた司祭が踏み絵をすれば、目の前の信者を拷問から救えるという、究極の選択を迫られる物語だ。考えさせられる内容だった。ただ、引っ掛かったことがある。司祭に棄教させようとした、長崎奉行の井上筑後守の考え方だ。井上は日本を「泥沼」と表現して異質性を強調し、キリスト教の種はまけても根付かないと主張した。

そういう見方もあるかもしれない。日本でキリスト教信者は一時、三十万人にも増えたが、中にはポルトガルとの交易を考えての表面的な信者たちもいた。江戸幕府が禁じると、棄教が相次ぎ、キリスト教は下火になった。映画の中でも、井上は元信者の設定だった。「日本人の物の見方、考え方は独特で、外国の宗教を理解できず、逆に外国人は日本人を理解できない」と繰り返した

果たして、そうだろうか。日本に初めてキリスト教を伝えた宣教師ザビエルは最初、彼らの「神」をどう表現すればいいか分からず、「大日」としたら、大日如来と勘違いされて「外国でもそうですか」と言われた。ラテン語の「Deus（神）」を使ったら、日本人には「ダイウソ（大うそ）」と聞こえて、失笑された。布教活動は試行錯誤の連続だっただろう。

だが、日本に二年滞在したザビエルは「日本人はわれわれによく似ている国民である。同程度の文化を有する」「自分にとってポルトガル人よりも親しい民族は日本人だ」とまで手紙に書いていた。禁教令で、六千人もが殉教したとされるが、そんな例は他に聞いたことがない。今も、少数ながら当時の隠れキリシタンの流れをくむ信者がいる。これは、日本人を理解した外国人や、キリスト教を理解した日本人がいたことの証明といえる。

私が日本文学研究を始めたころは、欧米に日本文学は知られていなかった。私の使命は日本文学の宣教師として、その素晴らしさを世界に伝えることだった。今や日本文学は世

界中で読まれ、『沈黙』を撮ったマーティン・スコセッシ監督も私の本で日本について学んだという。日本や日本人は特殊でも異質でもなく、国際的に理解されている。

私の教え子で米ブリガムヤング大学教授のバン・ゲッセルは『侍』や『深い河』など多くの遠藤の作品を英訳した。ウイットに富んだ彼の英訳もあって、遠藤は一時、ノーベル文学賞候補に挙がったそうだ。映画『沈黙』は残酷なシーンが、私の趣味には合わなかったが、その制作に関わったバン・ゲッセルと久しぶりに話がしたくなった。

映画『沈黙』を鑑賞に訪れたキーンさん㊧と養子の誠己さん＝2016年1月、東京都千代田区

古浄瑠璃　英国との縁

［二〇一七年三月五日］

人形浄瑠璃文楽の源流とされる古浄瑠璃の『弘知《こうち》法印《ほういん》御《ご》伝記《でんき》』が今年六月、ロンドンの大英図書館で上演される。三百年以上も前に書かれた『御伝記』の台本は日本には残っておらず、同図書館に一冊あるだけ。その世界に一冊の台本を基に、七年前に日本で復活上演された『御伝記』がロンドンに凱旋《がいせん》する。私は、この上演計画に深く関わっている。感慨はひとしおである。

古浄瑠璃とは、近松門左衛門が活躍する以前の江戸時代初期に、庶民に人気だった人形芝居。素朴な力強さや宗教色が強いことが特徴だ。ただ、大衆芸能には浮き沈みがある。演劇性が高い近松作品の義太夫節が人気になると、古浄瑠璃は廃れ、台本も保管されなかったようだ。

ところが、一九六二年、『御伝記』は意外な場所で見つかった。大英博物館の図書館

（現大英図書館）だ。発見者は、私の推薦で英ケンブリッジ大学に教えに行った早稲田大学名誉教授の鳥越文蔵さん。図書館に依頼されて調べたところ、日本にはない台本と気付いたのだ。

日本が海外交流を制限していた江戸時代、『御伝記』を国外に持ち出すことはご法度。なぜ、ロンドンにあったのだろうか。調べると、長崎・出島に渡来したドイツ人医師ケンペルが、十七世紀末に離日する際に土産物として持ち帰ったようなのだ。それが、ケンペルの死後、大英博物館の所蔵物となった。だが、当時の学芸員は日本語を読めず、『御伝記』は中国の文書と一緒に倉庫に収められていた。鳥越さんに見いだされなければ、今も倉庫に眠っていたかもしれない。

『御伝記』はフィクションではあるが、実話が基になっている。新潟県長岡市の西生寺《さいしょうじ》に、日本最古の即身仏として安置されている弘智《こうち》法印がモデル。遊郭が好きで道楽を繰り返した主人公が妻を亡くして出家し、幾多の苦難を乗り越えて即身成仏するという物語だ。

今は私の養子である誠己《せいき》は『御伝記』ゆかりの地、新潟県出身で文楽の三味線弾きだった。そこで、二〇〇七年ごろだったか、私は『御伝記』の復活上演を彼に勧めた。誠己は、文楽に残る古風な節などを参考に、試行錯誤の末に弾き語りを復元。幸い、誠己の実家からそう遠くない佐渡島には、古浄瑠璃に属する文弥節の人形の遣い手、西橋八郎兵衛さんがいた。西橋さんの協力もあって、『御伝記』は〇九年、新潟県柏崎市で約三百年ぶりに復活上演された。

世界中に人形劇はあるが、ほとんどは子ども向け。浄瑠璃のような文学性、芸術性が高いものはどこにもない。アニメといったソフトを「クール・ジャパン」と呼び、輸出するのも悪くはないが、そのはるか昔から日本には世界に誇るべき古典芸能があったのだ。

ケンペルが持ち出した『御伝記』が、時代を超えてロンドンで鳥越さんに発見された。それを、誠己と西橋さんが復活上演。そして、国際交流基金の協力もあって、ロンドンに凱旋する。弘智法印の人生にも通じる、何とも不思議な巡り合わせだ。

米百俵　何よりも教育

［二〇一七年四月九日］

「日本文学の宣教師」として、その素晴らしさを世界に広めることを使命としている私に、うれしいニュースがあった。貧しくとも将来のために教育に投資する重要性を説いた、明治時代初期の戯曲『米百俵』が、中米ホンジュラスで評判となっているそうだ。それが縁となって、日本政府がホンジュラスに援助の手を差し伸べているという。教育環境の改善が図られ、現地の子供たちにとても感謝されていると聞いた。

小泉純一郎元首相が二〇〇一年に演説で取り上げて、全国的に知られるようになった「米百俵」。私が英訳したのは、その三年前だ。それをホンジュラスの文化大臣がスペイン語に重訳して、同国で広まったという。「米百俵」の精神は、発展途上国を中心に多くの国に受け入れられていて、バングラデシュなどでも舞台上演された。英訳者として、うれしく思っている。

『米百俵』の作者、山本有三には、彼が一九七四年に八十六歳でお亡くなりになる数年前に、お目にかかったことがある。『米百俵』は新潟県長岡市に伝わる史実が基だ。窮乏していた長岡藩に救援の米百俵が届いた。藩士は喜ぶが、指導者の小林虎三郎は猛反発を受けながらも米を売り、それを資金に学校を開設したという実話を、山本が戯曲にした。

その精神に、私はもろ手を挙げて賛同する。母子家庭で育った私は、二九年の世界大恐慌の影響もあって、経済的に厳しい少年時代を送った。奨学金がなければ大学進学は無理だったし、その後の英ケンブリッジや京都への留学も考えられなかった。教育に投資してくれる社会環境が私を育ててくれたのだ。

ところで、「米百俵」の精神を海外に輸出している日本なのに、最近、子どもの貧困が問題になっている。他の先進国と比べて、日本は国家予算における教育費の割合が低く、家計に占める教育費負担の割合が高い。奨学金制度も改善の兆しはあるが、依然として貧弱。親の経済力で子どもが受けられる教育に格差が生じることは望ましくない。それこそ政治の出番だ。

理解に苦しむのは財政難といって、教育にかける予算については厳しく査定してしぼる一方、気前よく予算を増やしている分野もあることだ。例えば、二〇二〇年の東京五輪に向けての関連事業。日本では六年前の東日本大震災や原発事故の被災者救済は不十分で、復興も道半ばだ。それなのに、まるで発展途上国が公共事業を急ぐかのように、五輪関連の競技場造りは、景気よく進められている。これまでに、イベントとして成功したとされる数少ない五輪では、既存施設の活用がカギとなったにもかかわらずだ。日々、研さんする選手には全く罪はない。膨らむ開催費用を嫌って米ボストンのように五輪招致をやめる都市も増えていて、むしろ被害者だろう。競技の実情を知る選手や元選手が政治に対して「アスリート・ファースト」と声を挙げたこともあった。

大切なのは競技場といった器ではなく、人々の記憶に残る、筋書きのないドラマであり選手の汗と涙であるはず。どうも、ちぐはぐに感じるのだ。

『米百俵』には「国がおこる（興る）のも、ほろびるのも、まちが栄えるのも、衰えるのも、ことごとく人にある」と書かれてあった。何よりも人。未来ある子どもには教育である。

利己主義という「醜」

［二〇一七年五月五日］

先月、ＪＲ渋谷駅に近い歩道を歩いていて、自転車との「接触事故」に遭った。少し混雑する中、正面から来た自転車のハンドルの柄が、すれ違いざまに私の右肘を強打した。右腕は持って行かれ、私は「痛い」と声を上げた。擦り傷が残り、血がにじんだ。

「事故」と呼ぶのは少し大げさだろう。だが、私が気になったのは、自転車に乗っていた中年女性が何事もなかったかのように通り過ぎ、振り返りもしなかったことだ。ハンドルを握っていたので接触には気付いていただろうし、私の声も届いていたはずだ。

今年で私は九十五歳になる。一見して高齢者で電車に乗れば、若い人が率先して席を譲ってくれる。日本ではおおむね高齢者は大切にされているし、私が不満を覚えることはほとんどない。だが、自己中心的な人が増えているからか、冒頭の自転車の女性のように公共の場で、周囲に気配りできない人が目立つように感じる。

例えば、混雑した電車でのスマートフォン。私は使わないのでよく分からないのだが、混んでいても、スマホの空間を死守しようと肘を張って周囲とぶつかり合う。「歩きスマホ」もそうだろう。誰かとぶつかりそうになっても、にらみ付けて操作を続ける。

「袖振り合うも多生の縁」ということわざがある。日本には、小さな縁も大切にする文化があるはずだ。それが核家族化や少子化に伴い、欧米流の個人主義を誤って解釈した利己主義がまん延でもしているのだろうか。個人主義とは全体主義の対義語で、権力や権威に対して個人の尊厳や自由を守る考え方だ。「自分さえよければいい」という利己主義とは違う。

六十年ほど前に私が学生生活を送った京都では、家に鍵をかける習慣がなかった。地域や親族のコミュニティーがしっかりと築かれ、高齢者や子どもには保護の目、外部からの侵入者には監視の目が行き届いていた。そんな日本の精神性は、今も生きているとは思う。

東日本大震災の被災地では、家や家族を失った被災者同士が避難所でコミュニティーを作り、お互いをいたわり合っていた。不安や不満でストレスが鬱積《うっせき》しても、暴動などは起こらず、秩序は保たれ、各地からのボランティアが援助の手を差し伸べた。そんな光景を世界は絶賛し、日本の国際的イメージは、かつてないほど上がった。

コミュニティーを大切にする日本なのに、一方で他人の迷惑を顧みない利己主義がはびこっている。だが、それが美しくも醜くもあり、矛盾が絡み合う人間社会なのかもしれない。

最近、気になっているのが、効率主義に拍車がかかっているように感じることだ。目の前の数字ばかりを追い掛けては、ギスギスするばかり。保身のために利己的にならざるを得ない。教育現場でも実学が重視され、文学など教養を身に付ける人文社会科学がおろそかにされている。人間社会に必要不可欠な品位や品格は教養によって養われる。

五輪の闇　報じるべき

［二〇一七年六月十一日］

前回の小欄に、私が自転車に当て逃げされたことを書いたところ、多くの読者の皆さんからお見舞いの手紙が届いた。中には「また、事故に遭いませんように」と、お守りを送ってくれた方もいた。街中でも「大丈夫でしたか？」と声を掛けていただいた。右肘の擦り傷は大したことはないが、痛かったのは心の傷。それも皆さんのお気遣いで、すっかり完治した。

この連載を始めて今年で六年目になるが、ほぼ毎回、手紙が届く。今月で九十五歳の私は、残された時間を研究活動に使うために返事も書かず、申し訳なく思っている。だが、温かい手紙は、私の活力になっている。この紙面をお借りして、お礼を申し上げたい。

ところで、意外なのだが、これまでに一番、手紙が多かったのは、私の専門分野の日本文学がテーマだったときではない。昨年九月に、リオデジャネイロ五輪の報道を批判したときだった。新聞もテレビも、日本選手の活躍ばかりを大きく報じた。その影響で他の重要なニュースが押しつぶされ、まるで全体主義国家にいるような気分がした。

スポーツには縁がなく、メディア論も門外漢の私だが、五輪という強い光によって、ほかのニュースが見えなくなることに違和感があった。二〇二〇年の東京五輪に向けても、懸念がある。私への手紙が多かったことからして、共感した読者が多かったのだろう。

あれから九カ月たって、私の懸念はますます深まっている。最近では、東京五輪でのテロ対策にかこつけた「共謀罪」法案が、数の力で衆議院を通過した。五輪とは全く関係がないのに、平和憲法を二〇年に改正しようとする動きも顕在化している。

私は、もともと東京五輪には反対だ。まだ、その時期ではない。「復興五輪」と銘打ちながら、東日本大震災や原発事故の被災地の復興とは無関係だ。むしろ、五輪関連の公共事業によって職人が不足し、復興の遅れや建築費用の高騰を招いていると聞く。原発事故の後始末もこれからだ。

被災地にもスポーツ観戦が好きで、東京五輪を楽しみにしている人もいるだろう。しかし、大震災から六年たっても、それどころではない被災者は少なくない。

五輪の競技施設の建設にしても、東京都知事が代わって、少し見直しをしただけで何百億円も事業費が減額となったことは、誰が見ても不可解だ。まだまだ、五輪の光に隠れている闇はあるはずだ。

今、私は実行委員長を務める古浄瑠璃『弘知《こうち》法印《ほういん》御伝記《ごでんき》』の公演で、一二年に五輪が開催されたロンドンに滞在している。ロンドン五輪は大会後の再開発が評価され、先進国型五輪の成功例とされるが、その背景には積極的な情報公開による住民理解があった。開催から五年の今も是非の議論は続いている。東京五輪の開催返上は非現実的にせよ、その光に幻惑されずに、批判すべきを批判し、報ずべきを報じるジャーナリズムが試されていると思う。

英留学の二十代を懐かしむ

［二〇一七年七月九日］

先月、古浄瑠璃『弘知法印御伝記《こうちほういんごでんき》』の公演でロンドンに出かけてきた。『御伝記』は十七世紀後半の作品だが、日本には台本は残っておらず、「幻の浄瑠璃」と言ってもよい。江戸時代に日本から持ち出された、その台本を保管しているロンドンの大英図書館での公演だ。国際交流基金などの協力で実現し、大成功だった。

私は、大英図書館で『御伝記』の実物を、初めて読んだ。経年劣化で少しだけ赤茶けてはいたが、とても三百年以上も前に刷られたとは思えない、素晴らしい保存状態だった。

大英図書館はもともと大英博物館の図書部だった。それが、一九七三年に独立した。蔵書は約一億五千万点と世界最大級で、古今東西の貴重な資料が保管されている。公演を行ったホールも立派だった。蔵書には私の著作全集もあり、頼まれてサインを書いた。

公演後、「せっかくロンドンに来たのだから」と同行取材のテレビ・クルーとケンブリッジに向かった。終戦直後に五年間留学した場所だ。五三年以来だから実に六十四年ぶり。最初に母校のコーパス・クリスティ・カレッジへ行った。窓辺から花が見える私の研究室は当時のままだった。

皇太子時代の天皇が、五三年にエリザベス女王の戴冠式出席で訪英し、ケンブリッジを訪問されたことがある。私が案内役だった。トリニティ・カレッジの図書館に、天皇の訪問を知っている学芸員がいた。私は、天皇の歓迎会で出されたデザートのケーキに、日の丸がデザインされていたことを思い出した。天皇が美智子妃殿下とお会いになる前のこと。私は妃殿下より先に陛下とお知り合いになったことを、ちょっとした自慢にしている。

留学時に、私は哲学者のバートランド・ラッセルの講義を取っていた。そのラッセルに、ペンを貸したことが縁で「ビールを飲もう」と誘われたことがあった。彼がケンブリッジで教えた最後の年だ。今となっては、話の内容までは覚えていないが、ラッセルは十八世紀の英文学を思わせる正確で品のある言葉遣いで話した。別れ際に「君と話すのは実に楽しい。また講義後に飲もう」と言われ、天にも昇る気分だった。それから、何度も知的な会話を楽しんだ。

キングス・カレッジに近い裏通りにある、その時のバーが今も残っていた。もちろん入ってビールを注文し、ラッセルをしのんだ。

お恥ずかしい話を一つ。留学時に友人と共同でアパートを買った。目の前が公園で気に入っていたのだが、私がニューヨークに行っている間に友人が売却。私の机や本も一緒に売られて困ったことがある。地図を見ていて、ふとアパート前の通りの名前を思い出し、現地へ行ってみた。見覚えはある。確かにこの通り沿いだった。

頭の中には、不思議と記憶が眠っているものだ。緑多い大学街を歩くと、あれやこれやと次々に思い出した。先月で九十五歳になった私だが、気分はすっかり留学時の二十代に戻っていた。

ケンブリッジの大学街を歩くキーンさん＝2017年6月、英ケンブリッジ

色あせぬ七十二年前の忠告

［二〇一七年八月十二日］

太平洋戦争時、米海軍の語学校で一緒に学んだ、私の大親友で米コロンビア大学名誉教授のテッド・ドバリーが先月、亡くなった。享年九十七。地元紙ニューヨーク・タイムズは、ちょうネクタイをつけたテッドの写真と大きな訃報記事を掲載した。記事によれば、テッドは最後まで教え続け、春学期の講座「アジア人文科学」の受講者を評定してから、眠りについたそうだ。彼らしい最期だった。

ニューヨーク生まれのテッドは、奨学生としてコロンビア大学で学び、そこで教壇に立ち、名誉教授になった。彼が一九五六年に最初に英訳した日本文学は井原西鶴の『好色五人女』。彼もまた、私と同じように日本文学の素晴らしさを世界に紹介した一人だ。

振り返るに、彼との一番の思い出は、十一年前に出版した一冊の本『昨日の戦地から』に凝縮されている。終戦直後に日本各地や北京、ソウルなど東アジア各地に派遣された私たち海軍語学士官の書簡集だ。

四五年八月十五日に終戦を迎え、テッドは東京に、私は中国の青島に派遣された。「歴史の重要な岐路を目撃している」という共通認識があった私たちは、何らかの形で見聞録を残そうと考えた。思い付いたのが、お互いに手紙に書き、それをまとめることだった。共通の友人だった、後の同志社大教授のオーティス・ケーリや、駐ビルマ米国大使になったデビッド・オズボーンら七人を巻き込んで、手紙を送り合った。

本に収められたテッドの手紙を読み返すと、終戦直後の東京の息遣いを感じる。空襲で廃虚と化した東京にテッドは「再建には何十年とかかるだろう」と暗たんたる気持ちになったそうだ。それでも、米国人に敵意を示さない日本人に救いを感じたという。日本人は戦争に心底疲れ、終戦に安堵《あんど》していたからだろう。

テッドは街を歩いては日本人に話し掛けた。するとたちまちに人垣ができ、「米国人とはどんな人なのか」「世界はどうなっているのか」と聞かれた。東条英機元首相も話題に上った。人々は「もう誰も東条を相手にしない」と蔑視した。だが、戦争初期には熱狂的に支持しながら、終戦後に罵声を浴びせることに苦言を呈する、冷静な人も少なからずいたという。

ハワイの日本人捕虜収容所に勤務したことがあるテッドは、知り合った捕虜の無事を知らせようと家を訪ねた。そこで会った、捕虜の妻は、実年齢より明らかに老け込んでいたそうだ。そして、夫の無事を知らせても、妻は喜ぶより、ただただ驚くばかりだった。その反応に戦争に翻弄《ほんろう》された一家の歴史を感じ、やるせなくなったそうだ。

手紙には気になる一文があった。

「日本人が上からの命令に頼る性質を清算しなければ、ある一つの独裁政権から別の独裁政権に移行する可能性がある。連合軍からの布告がなければ何もできないようでは、日本国民が政治的自立に向かって歩き出すとは思えない」

七十二年も前の忠告なのだが、日本国民は自立できたのか。五年前に日本人になった私には確信が持てない。

『徒然草』に見る美意識

［二〇一七年九月十七日］

私は毎年、夏を軽井沢の別荘で過ごしている。別荘といっても、うっそうとした雑木林の中にある古くて小さな木造平屋建て。「庵《いおり》」といった方が適切だろう。周りには何もなく、聞こえるのは風の音に鳥の鳴き声ぐらい。昼間でも薄暗く、夜には真っ暗になる。本を読み、物思いにふけるには絶好の場所だ。

ちょうど五十年前だ。今年のように雨が多い夏だった。毎日、シトシトと降る雨を楽しみながら、私は兼好法師の『徒然草』を翻訳していた。数多くの日本文学を翻訳した私だが、それは苦労の連続だ。そもそも、日本語にあって英語にない言葉がある。読み手が分かる英文でなければならないし、文学的な味わいも必要だからだ。

ところが、『徒然草』は違った。「つれづれなるままに」で始まる序段を含め二百四十四段の随想に私はことごとく共感し、翻訳ではなく、まるで自作を書いているかのような錯覚に陥った。次々に英文が頭に浮かび、タイプライターを打つことが快感でもあった。

私が古典を愛する理由の一つは、その普遍性だ。『徒然草』の各段には矛盾もあり、一貫した哲学があるわけではないが、日本人の美意識についてこれほど見事に書かれた作品はない。

例えば、八十二段に「どんなものでも、全て整っているというのは望ましくない。未完の部分があってこそ趣があり、そこに成長の余地を感じさせる」とある。いわば「不均整」の美だ。備前や信楽《しがらき》といった陶器も、愛好されるのはゆがんで凸凹のある作品。造園にもいえる。西欧では対称性を求めるが、日本では不均整が重要な要素だ。

また、仏教の影響があるのだろうが、兼好は物欲に対して否定的だった。「(醜い相続争いが起こるから)死後に財宝を残すようなことを賢者はしない」「毎日の暮らしに必要なものがあれば、ほかには何もないほうがよい」(百四十段)

それは「簡素」の美に通ずる。十八段に「趣味は簡単なのがよい」とある。それは、茶の湯に象徴される美意識。香辛料やソースによる味付けを避け、素材の外見と味を生かす日本料理にも垣間見られる。

そして「無常」の美。「かりそめのもの、うつろうもの」が美に欠くことのできない要素だと信じていた兼好は「世はさだめもない無常なのがよいのである」（七段）と書いた。日本人が桜を好むのも、一気に開花しては散る、うつろう美しさゆえ。引きつけられるのは、美しさよりもはかなさにある。

ところで、この『徒然草』が読まれるようになったのは、兼好が亡くなって百年余りの「応仁の乱」の時代。乱世に、生き方の根底にある美意識を確認したくなったのだろう。最近、「応仁の乱」の関連本が売れていると聞くが、それは国内外が激動するこの時代性と無縁ではないはずだ。そんな時には、美意識もまた問われる。今こそ、十四世紀に書かれた『徒然草』を再評価すべき時かもしれない。

別荘でくつろぐキーンさん。半世紀以上も前に机上のタイプライターで『徒然草』の英訳文を打った＝2017年9月、長野県軽井沢町

崋山に権力の弾圧

［二〇一七年十月八日］

十年前に書いた評伝『渡辺崋山』が縁で、私は今年、崋山コレクションで知られる愛知県田原市博物館の名誉館長に就任した。江戸時代後期に日本で初めて写実的な肖像画を描いた画家として著名な崋山だが、本職は三河国田原藩の家老だった。高潔な人格者で行政手腕に優れ、天保の大飢饉《ききん》に際して民衆救済を優先し、藩内で餓死者を一人も出さなかったことでも知られる。

毎年、命日の十月十一日には田原城の出丸跡に建てられた崋山神社で大祭が催される。今年は、私も招待されている。菩提寺《ぼだいじ》の城宝寺では墓前祭もあるそうで、久しぶりに崋山をしのぶ旅となりそうだ。

太平洋戦争前に在日英国大使館に三十年以上も勤務した外交官、ジョージ・サンソムが著作『西欧世界と日本』に崋山について記載している。随分と昔だが、その本を読んで、私は崋山を知った。崋山は、徳川幕府の鎖国政策を批判した疑いで捕らえられ、厳しい取り調べを受けた。今風にいえば言論弾圧なのだが、両手を背中で縛り上げられた自分の姿を崋山はスケッチに残していた。それがサンソム氏の本に掲載されていて、私は崋山に強い関心を持った。

彼の描いた肖像画も印象的だった。対象を美的に昇華させず、肉体的特徴から人間性まで感じられる肖像画で、それまでにはなかったものだ。日本文学が専門の私には、崋山の研究は一種の挑戦だったが、どうしてもやり遂げたい仕事だった。

崋山の時代は、欧米では産業革命が進み、鎖国を続ける日本の近海に通商や開国を求める異国船が度々、来航していた。学究心が旺盛な崋山が海外に関心を抱いたのは、ごく自然なことだった。崋山は、長崎の出島に入ってきたオランダの書物をむさぼり読んだ。限られた情報とはいえ、崋山は海外の事情通となり、日本の将来を考えれば、欧州の新しい技術の導入が必要だと確信するに至った。つまりは開国だ。

だが、実際に開国すると社会が変化する。その変化で既得権益を失うことを恐れた守旧派から目を付けられた。自宅軟禁の処分を受け、最期は自害した。

崋山は私に似ている、という人がいる。共に知的好奇心が旺盛で、私は日本文学に関心が薄かった欧米で、その素晴らしさを、広めようと努力した。崋山は海外事情を知り、開国する必要性を日本で訴えた。私たちが違うのは、日本文学は世界で知られるようになったが、崋山は開国によってもたらされる変化を見ることもなく、ペリー提督の黒船が来港する十二年前に四十八歳で生涯を閉じたことだ。

江戸時代後期ともなれば、知識人の多くは、開国が必要だったことは、崋山と同様に分かっていたはずだ。ところが崋山が獄中の身になると、彼を救おうとした友人もいたが、多くは幕府に忖度《そんたく》して背を向けた。

画の先駆者だった崋山が、開国を念頭に書いた『西洋事情書』が評価されるようになったのは、幕藩体制が崩れた明治維新後。崋山のような先見の明を持つ賢者は、いつの時代も権力に葬られる運命なのだろうか。繰り返しては欲しくない歴史である。

日本文学研究は運命

［二〇一七年十一月十九日］

今年、九十五歳になった私に、思わぬプレゼントがあった。いずれも、書名は『ドナルド・キーン』の大型本が二冊、別々の出版社から相次いで出された。ともに表紙には私の顔写真が大きく掲載され、ページをめくれば、私の足跡が詳録されている。同じ年に、こうした本が二冊も出ることは珍しいそうだ。面はゆいが、小さな幸せを感じている。

最晩年を迎え、日本文学の研究を続けてきてよかったとつくづく思う。だが、振り返ってみれば、私が研究したのではなく、日本文学が私を導いてくれたように感じるのだ。私が日本文学に関心を持ったきっかけは『源氏物語』の英訳本だった。それを買ったのは、セールで安かったから。それ以外に理由はなかった。

私は米海軍の語学校で日本語を学び、語学士官として従軍した。だが、日本は太平洋戦争でほぼ壊滅状態。終戦時には「復興に五十年はかかる」と言われていた。日本語を使えても職はなく、大学に日本文学を教えるポストなどなかった。

退役後、約千人いた同窓生の語学士官は、ほんの一部を除いて日本語に興味を失った。私に会うと「日本語は忘れた」と幾分か誇らしげに話す同窓生もいた。私が米コロンビア大学に復学して、日本文学研究を続けたのは、何か積極的な理由があったからではない。日本文学は何となく、私の気質に合ってはいた。だが、それよりも、自分が何になりたいか分からず、あらゆる職業に魅力を感じなかったからで、決して積極的な理由がある訳でもなかった。

英ケンブリッジ大学への留学も、「日本文学研究では奨学金をもらえない」と思い、中東の言語を研究対象として企画書を書き、奨学生に選ばれた。それでも、日本文学研究ができたのは、理解のある担当教授が黙認してくれたからだ。そうでなければ、企画書通りに中東の研究をしただろう。

留学中にも、あれこれとあった。初めて出版した近松門左衛門の『国性爺《こくせんや》合戦《かっせん》』の英訳本は不人気で、出版元から「今のペースでは印刷した千部の完売まで七十二年」と言われ、落胆した。もっと悲惨だったのは、日本文学の公開講座だ。講師に指名された私は、喜び勇んで二百人は入れる大講堂に向かった。ところが聴衆は十人ほど。しかも全員が友人、知人。「誰も来ないのでは……」と心配して来てくれたのだった。

心が折れ、専門分野を変えようと思いもした。実際に、将来性のありそうなロシア語を学んだこともある。だが、どうしても頭に染み込まない。気が付けば、日本の文学作品を手にしていた。それが、私を癒やしてくれたのだ。

戦後、日本は奇跡的に復興し、日本文学も世界中で読まれるようになった。その恩恵を多少なりとも受けている私は「よく日本の復興を見通しましたね」と言われたりもした。だが、そんな予想をしたことはない。ただ、『源氏物語』を読んで以来、素晴らしい日本文学の作品や作家との出会いには恵まれた。それがまるで運命の糸のように、今の私に一筋につながっているように感じている。

日本文学伝えた国際ペン

［二〇一七年十二月十日］

先日、静岡県の景勝地、日本平へ講演で呼ばれ、出かけてきた。講演は、ほとんどをお断りしているので、久しぶりだったが、同県内外から約四百五十人も集まっていただいた。川勝平太県知事にも来ていただき、とてもいい刺激になった。

静岡といえば、やはり富士山だ。私が初めて見たのは太平洋戦争が終わった直後。米海軍の語学士官だった私は、中国からホノルルへの帰途に一週間ほど日本に立ち寄った。帰国日の早朝、横須賀から木更津へ舟艇で向かう途中だった。まだ薄暗い中、朝日に照らされた富士山が突然、姿を現した。桃色に輝き、光の加減で刻々と色が変わった。七十二年前のほんの一瞬の光景だったが、今でもはっきりと覚えている。

講演会で、そんな思い出話を披露しながら、ふと頭に浮かんだのは静岡が舞台の『伊豆の踊子』を書いたノーベル賞作家、川端康成だった。今でこそ日本文学は世界中で読まれているが、その礎を築いたのは川端だ。

終戦から三年の一九四八年、川端は日本ペンクラブ会長に就任した。最初に考えたのは「戦争で地に落ちた日本の国際評価をどう修復するか、作家として平和にどう貢献するか」だった。その答えが「国際ペン大会の日本誘致」だった。

国際ペンは第一次世界大戦後に「表現の自由の擁護」と「戦禍を再び招かないための文学を通じての国際的な相互理解」を目的にロンドンで設立された。国際ペンの要請で日本ペンクラブも創設されていた。

戦争の傷痕が残る日本への大会誘致は並大抵のことではなかったが、川端は各方面と粘り強く交渉した。京都大学大学院に留学していた私も、川端の協力を得ながら、英語版『日本文学選集』を編集して、世界に日本文学を紹介して誘致を支援した。会長就任から九年後の五七年だった。東京と京都でアジア初の国際ペン大会は開かれた。

当時、パリやロンドンに住んでいた米国人作家は珍しくなかった。ただ、「外国」とは欧州のこと。東京に行ったことのある作家はほぼ皆無だった。それが幸いした。普通なら、こうした大会を避ける有名作家が「日本を見てみよう」と喜んで招待を受けたのだ。

米国ペンクラブでただ一人、日本語が話せる会員だった私も選ばれた米国代表団には、後にノーベル賞を受賞するジョン・スタインベックや、アフリカ系で最も有名だったラルフ・エリソンもいた。英国代表団にはスティーブン・スペンダーもいた。素晴らしい顔触れを日本人は大歓迎し、大会は大成功だった。

六四年東京五輪の七年前。各国の作家は帰国後、こぞって日本文学を紹介した。国際社会における日本文学の本格的な歴史は、国際ペン大会から始まったといってもいいだろう。それから六十年。今年は、ちょうど還暦だ。そんな思いを巡らせていたら、講演前には雲に隠れていた富士山が、終戦直後のあの日のように姿を見せた。夕日を浴びて、赤い頭巾を覆ったような富士山だった。

両陛下の憲法への思い

［二〇一八年一月十四日］

皇居での新年恒例の一般参賀に、平成で最多の十二万六千七百二十人が訪れたそうだ。来年四月末での退位が決まってから、初めての新年だったからだろう。両陛下が天皇、皇后として最後の一般参賀となる来年一月には、もっと多くが集まるはずだ。私は両陛下が広く国民に愛され、尊敬されていることを再認識しているところである。

天皇陛下に初めてお会いしたのは、皇太子時代の一九五三年だった。エリザベス女王の戴冠式に、昭和天皇の名代として出席するために訪英した皇太子殿下がケンブリッジ大学を訪れた。その時に、同大に留学中だった私が案内役を務めたのだ。それ以来、折々にお目にかかっている。

両陛下とも、いつも穏やかで、話題も豊富な素晴らしい方々だ。いろいろと話をお聞きしたが、印象深いのは、太平洋戦争直後の天皇陛下の思い出である。戦時中、陛下は皇居にいたものと私は思い込んでいたが、疎開され、移動を繰り返されたそうだ。終戦後に皇居に戻る際に見た、焼け野原となった東京の惨状に心を痛めたと、お伺いした。

その体験があるからだろう。陛下は、戦後の平和憲法に忠実であろうとしている。職業選択の自由や選挙権を持たず、政治的発言を許されない象徴天皇には、行動だけが意思表示の術《すべ》なのかもしれない。戦争を反省し、恒久平和を希求して、国内外の数々の激戦地を慰霊して回った。

昭和天皇が天皇としては行けなかった沖縄には、皇太子時代の七五年に初めて訪問した。過激派から火炎瓶を投げ付けられても、沖縄で二十万人もが犠牲となったことに「一時の行為によってあがなえるものではなく……」と談話を出した。

八九年の即位後、両陛下は毎年、全国戦没者追悼式に出席し、広島と長崎も訪れた。戦後六十年の二〇〇五年には米自治領のサイパン島を、戦後七十年の一五年にはパラオのペリリュー島を訪問した。ご高齢で持病もある体には、大変な負担だっただろう。

慰霊の旅だけではない。九一年に噴火した雲仙・普賢岳や九五年の阪神大震災などの被災地には必ずお見舞いに出向いた。一一年の東日本大震災では、避難所の体育館で両陛下はひざまずき、被災者と同じ目線で声を掛けていた。

昭和までと比べて、平成の天皇は革命的といっていいほど違う。戦没者や被災者への思いを率直に語られ、小学校で子どもに話し掛けられたりする。それも、易しい現代の日本語で誰にでも分かりやすく話す。

私は九条で平和主義をうたう日本国憲法は、世界で最も進んでいる憲法だと思っている。時代の変化に伴い、憲法には変えるべきところはあるだろうが、九条を変えることに私は強く反対する。その九条を両陛下は体現されているかのようだ。

憲法には男女同権も明記されている。過去には存在した女性天皇を認めないのは、どういうことなのか。表現の自由を持たない両陛下の憲法への思いにこそ、私たちの忖度《そんたく》が必要ではないかと思う。

地元のクリーニング店を訪れたキーンさん＝2012年9月、東京都北区

お互いさま文化の危機

［二〇一八年二月十一日］

行きつけのスーパーで、思いがけないプレゼントをいただいた。いつも声を掛けてくれた親切な女性店員が退職することになり、「お元気で」と、ご自分で描いた私の似顔絵を手渡してくれた。一目で私と分かる素晴らしい似顔絵だ。こんな心遣いを受けたのは初めて。日本の良さを再認識している。

私が、いつも感心することの一つに、日本人の教養の高さがある。家庭での教育や学校での初等教育のおかげだろう。読み書きの水準は高く、誰もが詩歌を詠む。絵や書にしてもそうだ。新聞に読者の詩歌や絵が定期的に掲載されるのは日本だけかもしれない。そんな教養を背景とする「お互いさま」という共同体意識が、この日本社会を支えているように感じる。

それを私が初めて体感したのは、もう六十年以上も昔だ。私が、まだ米国人だった一九五三年八月、東京から留学先の京都大学へ向かう東海道線の車中だった。二等列車は窮屈で暑く、私は古い封筒で顔をあおいでいた。すると、前席の男性が「これを使いなさい」と扇子を差し出した。当時、私が日本人画家でただ一人知っていた横山大観の絵が描かれた扇子だった。ありがたく拝借して、涼を取った。別れるときに返そうとしたが「持って行きなさい」と聞かない。深々と頭を下げて、鞄に入れた。まだ戦争の傷痕が残り、物資が不足している時代の思いやりに「この国なら、留学生活はうまくいきそうだ」と心弾んだものだった。

留学中にはこんなこともあった。月夜に下宿近くの竜安寺に出かけ、石庭を見ていた時だった。傍らでかすかな音がした。住職の奥さんが、黙って一服の茶を置いていったのだった。ありがたく頂戴した。

奈良の室生寺で雨に降られた折には、知らないおばあさんが傘を貸してくれた。「返せないかもしれないから」と遠慮すると「それでもいいから」。ささいなことかもしれないが、とてもうれしかった。

あの時代と比べると、日本は豊かになり、物があふれるようになった。日本人は依然として教養高く、親切ではある。だが、社会に変化を感じるのだ。

新聞を開けば、格差や子どもの貧困の記事を見ない日はない。だが、政府は大企業向けの景気対策を優先する。利己主義が幅を利かせ、IT（情報技術）長者は、効率優先で目先の利益を追いがちだ。大学でも実学系に重きが置かれ、バランスの取れた全人を育てるための教養科目は、ないがしろにされている。

日本社会の強さは、高い教養と共同体意識のはずだ。それが、世界に誇る日本独自の文化を支えている。私は以前、「日本は文化の維持、発展を国是として、アジアのフランスを目指すべきだ」と主張していた。その思いは、ますます強くなっている。

急増する外国人観光客が、どこを訪れ、何に関心を持つかを調べてみるといい。日本にとって、日本人のメンタリティーも含めた日本文化そのものが、いかに大切なのか、明らかになるだろう。貧しくも豊かだった日本が、豊かだが貧しい国になりやしないか、危機感を持っている。

自宅で贈られた似顔絵を手にするキーンさん＝2018年2月、東京都北区

百一歳には負けられない

［二〇一八年五月十三日］

この連載を前回の二月に「月一回」から「随時」に変えたことで、読者の皆さんに随分と心配をおかけしているようだ。「キーンさんに何かあったのか」といった投書が相次いだと聞いた。そんな気遣いはうれしい限りだが、私は相変わらずに元気にやっている。ただ、さすがに九十五歳だ。毎月、締め切りに追われるのは少々つらい。そこで、随時とさせていただいた。説明が不十分で大変、失礼しました。

それに、この二カ月半ほど、ちょっと忙しかった。三月には、ほぼ二年ぶりにニューヨークに出かけた。今年、米東海岸は冬が長引き、三週間の滞在中、大雪にも見舞われて外出時は厚手のコートだった。それでも、大好きなオペラを堪能し、メトロポリタン美術館にも足を運んだ。しかし、何より楽しかったのは、六十年来の付き合いの友人、ジェーン・ガンサーとの時間だった。

私も高齢ではあるが、ジェーンは六歳も年上の百一歳。立派なのは、昼間はお手伝いさんを雇っているとはいえ、今でも一人暮らし。毎朝、ニューヨーク・タイムズを熟読してニュースを追い掛け、トランプ政権による米社会の分断を嘆き、秋の中間選挙についても考えていることだ。

ジェーンの夫、ジョンは世界的ベストセラーだった「欧州の内幕」といった「内幕もの」で知られたジャーナリスト。ソ連時代のクレムリンを夫婦で訪問し、首相だったフルシチョフを取材したこともある。その時、フルシチョフが「米国では誰もがこんな美人を妻にするのか」とジェーンを見つめた、という逸話が残っている。

私がジェーンのアパートを訪ねる時には、いつも白を基調とする服装にネックレスとイヤリングでおしゃれをして、迎えてくれる。ほのかに香水を身にまとい、気品を感じさせる。

私は米国人、日本人といったくくりで類型化すべきではないと思ってはいるが、おしなべて米国の方が高齢者は元気だ。独立心が旺盛で子どもに頼ることを嫌い、一人暮らしを楽しむ術《すべ》を知っている人が多いからだろう。それには見習うべきところがある。

ニューヨークを出発するとき、一番別れがたかったのがジェーンだった。それを見越されていたのだろう。東京の自宅に戻った直後に、彼女から私を励ます手紙が届いた。

ニューヨークでは春の到来が遅かったが、東京では逆に早い春。帰国直後の三月下旬には、自宅周辺で桜が見頃になった。満開時期が微妙にずれる琉球寒緋桜、枝垂れ桜、八重桜と二週間も桜を楽しめた。

その一方で、机に向かえば、昨夏に亡くなった元同僚で有数の東洋学研究家だったテッド・ドバリーの評伝を仕上げなければならない。今月上旬には、埼玉・草加で養子、誠己《せいき》の古浄瑠璃公演があり、同行して一言あいさつした。ありがたいことに、やることがたくさんある。まだまだジェーンに負けてはいられない。

教え子が、明治天皇のお歌英訳集［二〇一八年七月二十二日］

明治天皇が詠んだお歌三百十一首の英訳集が今秋にも製本されると聞いた。英訳者は、私の教え子で米オハイオ州のアンティオーク大名誉教授のハロルド・ライト。彼がお歌を英訳するきっかけを、半世紀以上も前に作ったのは私だ。それが一冊にまとまるのは、大いなる喜びである。

思い起こせば、一九六四年に東京五輪が開催される前のことだ。明治神宮の宮司が「明治天皇のお歌を英訳して、海外からの賓客に読ませたい」と、私に相談してきた。そこで紹介したのがハロルドだった。戦後、米海軍の一員として山口県岩国市に滞在した時に、ハロルドは日本の詩歌に関心を持ったそうだ。その後、私の元で学び、六二年に奨学金で慶応大学に留学した。谷川俊太郎さんとも親交があり、そんな彼こそ適任と思った。

詩歌の英訳は極めて難しい。そもそも、水田のように日本にあって、英語圏にはないものがある。日本ではカエルは親しみを持たれている動物だが、英語圏では必ずしもそうではない。それに、詩歌の解釈は人それぞれで、真意の解釈は至難の業。しかも、説明調で長々と訳してはリズム感が損なわれ、情緒や余韻も残せない。

私は松尾芭蕉の『おくのほそ道』を英訳した。その前にみちのくを歩き、芭蕉が訪ねた宮城県の松島や山形県の山寺にも行った。追体験をしなければ、芭蕉に近付けないと思ったからだ。これまでに四度英訳したが、その度に新たな発見があり、訳文も変化した。それでも英訳に満足してはいない。

有名な「古池や蛙飛び込む水の音」を、私は「The ancient pond / A frog leaps in / The sound of the water」と訳した。この句にも、多様な英訳がある。「古い」を意味する単語には「old」もあるが、「ancient」とは語感や語呂が違う。定冠詞「the」の使い方でも意味合いが変わる。ただ、確実に言えるのは、それぞれの英訳者が持つ世界の中でしか、表現できないということだ。

私は、明治天皇の評伝を書いたことがある。明治時代は、西欧文化の影響を受けながら日本の近代化が急激に進んだ激動期。その時代に生き、知的で平和主義だった明治天皇の人となりは、それなりに分かっているつもりだ。私は「ハロルドには、明治天皇を理解できる素地がある」と判断して、推した。

当初の依頼は数首だったが、ハロルドはその後もコツコツと英訳を続け、それが本になろうとしている。それは高く評価されるべきだ。ハロルドの英訳を、一つ紹介しよう。

「No lines exist / Which sector off the sky / So high above / Though the nations of this earth / Are all bound by borders」

（ひさかたの空はへだてもなかりけり地《つち》なる国は境あれども）

世界的に排他主義、自国中心主義がまかり通る今こそ、私は明治天皇に共感する。

自宅でくつろぐキーンさん㊨と養子の誠己さん＝2018年7月、東京都北区

日本の夏を象徴する甲子園

［二〇一八年八月二十六日］

第百回全国高校野球選手権大会が終わった。新聞を読み、テレビを見る限りは、決勝で勝った大阪桐蔭よりも、敗れた金足農に関心が集まっているようだ。判官びいきの日本人は、全国から選手を集めた大阪桐蔭より、地元選手だけで頑張った金足農に共感するのだろう。ニューヨークで生まれた日本人の私にも、その気持ちはよく分かる。

意外かもしれないが、私は一時期、熱心な野球少年だった。当時、地元には大リーグのブルックリン・ドジャースがあり、スタジアムで観戦したこともあった。運動音痴でレギュラーにはなれず、ふびんに思った母親が賄賂を使って試合に出させようとしたこともあった。ほろ苦い思い出だ。だが、そんな経験もあったからだろう。依頼されて甲子園で一度、取材したことがある。三十五年前の第六十五回大会。試合はあまり覚えていないが、かちわり氷で涼を取りながら、詠んだ一句が残っている。

「白たまの消ゆる方に芳夢蘭《ホームラン》」

最近、その時の写真が出てきた。うちわを手に、マウンドを見つめる私だ。当時を思い出しながら、自句を英訳した。

「In the direction / With the white ball disappeared / A fragrant orchid」

私が甲子園で取材してからの三十五年でも日本社会は大きく変化した。バブル景気とその崩壊。インターネットの登場。東アジアでは中国が経済大国化した。それでも、高校野球の人気は変わらない。もちろん、メディアの大々的な報道の影響が大きい。だが、受け手もあっての報道だ。高校生の競技会で、これだけ盛り上がるのは、世界でも甲子園だけだろう。

なぜ、人気なのか。ありきたりだが、少年たちが真剣に白球を追い掛ける姿はやはり感動的。それに「勝とう」とチームが一丸となるところにも引きつけられるのだろう。レギュラー選手だけではない。補欠選手全員がユニホーム姿で観客席を陣取り、応援団や吹奏楽団と一体になって声援を上げる。

トーナメント制で敗者復活はなく、「負けたら終わり」という美しい散り方も日本人好みだ。

甲子園に出るようなチームには、高校時代に一度も試合に出られない補欠選手もいるそうだが、それでも三年間、野球を続けたことを誇りに思い、彼らを「陰の立役者」とたたえるあたりも何とも日本的だ。また、今回は金足農のエースが秋田県予選から、甲子園の決勝の途中まで一人で投げ続けた。そんな奮闘は美談として語られがちだ。ここぞとばかりに盛り上がる郷土愛も半端ではない。

日本と比べて合理主義的な米国なら、こうはならない。練習のための練習ではないのだから、補欠選手のための試合を組むだろうし、エースの連投には「将来ある高校生。けがしたらどうする」「試合日程に無理がある」と批判が湧き起こるはずだ。そもそも、高校レベルの競技会をメディアは大きく取り上げないし、大観衆も集まらない。

高校野球は、善しあしを別に実に日本的である。競技会というより、日本を象徴する夏の風物詩といえそうだ。

平成は日本の転換期

［二〇一八年十二月二十四日］

平成最後の年末を迎えている。昭和から年号が変わり、その後の三十年間は日本の大転換期だった。何といってもバブル経済の影響が大きいだろう。私が教壇に立っていた米ニューヨークのコロンビア大学も少なからず、影響を受けた。

この二十年余り、日本経済がバブル崩壊から十分には立ち直れない中、少子高齢化が進み、さらには経済的に急成長中の中国が東アジアで存在感を増している。何とはなしに、日本には停滞感が漂っている。そんな今の日本からは、想像しにくいかもしれないが、平成元年は米国で「日本脅威論」が真剣に議論された年だった。

米国の象徴ともいえるニューヨークのロックフェラー・センターが日本企業に買収され、日本人が大挙して米国の大学に留学するようになった。一方、海外では日本への関心が高まり、コロンビア大学でも、日本経済を研究するプログラムができた。私の日本文学の講義にもちょっとしたバブルがあり、学生数が急に増えたことを覚えている。

問題はそれからだ。バブル崩壊で日本は急激に縮み志向、内向き志向に陥り、それがいまだに続いている。私が心配なのは、日本人が自信を失っているように見えることだ。経済事情もあって、米国に留学する日本人の数は激減した。日本経済に関心を持つ外国人も少なくなった。だが、海外で日本の文学や文化に関心を持つ人は、依然として増え続けている。

米オレゴン州のポートランド州立大学で日本文学を教える、私の教え子のラリー・コミンズと先日、東京で会った。彼は歌舞伎や文楽に関心を持ち、同大で学生に英語歌舞伎を演じさせるプログラムを十年以上も続けている。同大の学生による定期公演は、地元で大人気のイベントだ。

二年前に、コミンズ劇団の英語歌舞伎『忠臣蔵』を見た。『忠臣蔵』は、日本ではかつてほどの人気ではないそうだが、逆に米国では、日本人の精神性を理解する上で格好の舞台として受け入れられている。

日本でも、外国人観光客に歌舞伎は人気だし、文楽や能、狂言に関心を持つ外国人は増えている。日本人は「欧米にはない特異性で珍しがられている」と思いがちだが、そうではなく「普遍的な芸術」として高く評価されている。

こんな実例もある。日本では、江戸時代に浄瑠璃に押されて廃れた古浄瑠璃。それを昨夏、ロンドンで復活公演したところ大成功して、現地メディアにも取り上げられた。それに、今や日本文学は世界中、どこへいっても現地語による訳本がある。

そもそも、なぜ日本への外国人観光客が増えているのだろうか。一時期は、「爆買い」に象徴される買い物客だったかもしれないが、今は違う。日本文化の体験が目的のリピーターが増えている。外国人労働者の受け入れが社会問題となっているが、人として受け入れればいい。日本語を覚え、日本を知り、日本人になってもらう。そうすれば、私のように生まれ故郷で日本の素晴らしさを広めてくれるはずだ。

考え抜いた題名、さて

［二〇一九年三月三十一日］

読書が大好きな私は、子どもの頃から時間があれば本を手に取っていた。今も書店は最も好きな場所の一つ。養子の誠己《せいき》と出かけては、題名を見て気に入った本を何冊と買う。一度に何十冊も買って、誠己を困らせたことも数知れずだ。

読むだけではなく、何十冊と書いてきた。英語では二十九歳の時、浄瑠璃『国性爺合戦《こくせんやかっせん》』に関して書いたのが最初の本。日本語では、エッセー集『碧《あお》い眼の太郎冠者《かじゃ》』が最初の本だ。三十五歳の私に文豪、谷崎潤一郎が序文を寄せてくれ、跳び上がらんばかりに喜んだことは、今でも覚えている。

そんな私なのに、いまだに新刊を出すときには「読んでもらえるか」と緊張する。悩ましいのは題名の付け方だ。今だから打ち明けられる話がある。一九七三年に作家、安部公房と私の対談集が出版された。安部と交わした日本の文学論や演劇論は今、読んでも充実した内容だ。しかし、思ったほどは売れなかった。その一因は、安部が決めた題名にあったように感じる。

安部の感性は独特だ。彼に「和製シャンパン」を飲まされたことがある。何のことはない、炭酸水で割った日本酒なのだが、おいしくはない。口にした私は少々戸惑い、その反応を安部は楽しんでいたようだ。そんな安部が逆説的にか「題名は『反劇的人間』」と言いだした。前衛的な戯曲も書いていた安部に従ったが、代案を出すべきだったと今も思う。

もちろん、私にも思い通りにならなかったことがある。自伝は何冊か書いたが、その題名で最もお気に入りは『このひとすじにつながりて』。敬愛する俳人、松尾芭蕉は「つゐに無能無芸にして只此《ただこの》一筋に繋《つな》がる」という名言を残した。日本文学にこだわり続けた私だけに、それにあやかっての思い入れある題名だった。

ところが、最も売れ行きが良かった自伝の題名は、『ドナルド・キーン自伝』だった。

四月に私の新刊が出版される。私が大好きなオペラがテーマだ。十五歳で初めて見た『カルメン』でファンになり、米ニューヨークのメトロポリタン歌劇場には年間契約席を持っていた。「オペラの楽しみ方を書いてほしい」と依頼され、一冊にまとめた。

編集作業を終えてから、考え抜いて決めた題名は、自伝の経験則もあって『ドナルド・

キーンのオペラへようこそ！』（文芸春秋）。さてどうなることやら。

＊

※キーンさんは二〇一九年二月二十四日にお亡くなりになりましたが、その直前に、連載70回目となる今回用のテーマを考え、原稿をまとめていました。

自宅近くで満開の桜を背景に万歳するキーンさん＝2017年3月、東京都北区

人、ドナルド・キーン

「東京下町日記」担当編集者　鈴木伸幸

ドナルド・キーンさんの連載「東京下町日記」を担当するようになって、周囲の日本語を学ぶ米国人から「キーンさんは、どんな人」とよく聞かれた。米国で、日本について知ろうとすると、日本文化に関するキーンさんの著書や、キーンさんが英訳した日本文学を読むことが通過儀礼となっているからだろう。キーンさんが、一九五〇年代に相次いで編集した英語版『日本文学選集』は、半世紀以上たった今も、米国をはじめ世界中の大学で日本文学の教科書として活用されている。

それには、紫式部の『源氏物語』や鴨長明の『方丈記』といった古典から、島崎藤村の『破戒』、永井荷風の『すみだ川』といった近現代まで、日本の国語教科書に載っているような代表的な作品が網羅されている。太平洋戦争後の奇跡的な復興と高度経済成長によって日本が国際社会で存在感を増すと共に、『日本文学選集』は版を重ね、他言語へも重訳されて、日本文学の入門書として「超」の付くロングセラーとなっている。

キーンさんは日本で五〇年代から知る人ぞ知る存在だったが、二〇一一年三月の東日本大震災から一年後に日本国籍を取得して、より多くの日本人に愛されるようになった。福島原発の事故後に、日本在住の外国人が一斉に日本を離れる中、キーンさんは「学生でも社会人でも、何らかの縁があって日本にいたはずだ。日本にも日本人にも、それなりにお世話になったはずだ。それなのに、なぜ日本を見捨てるのか」と憤った。そして、「今こそ、私は日本人になろう」と、原発事故から半年後に米ニューヨークから片道チケットで来日。大震災からちょうど一年後の一二年三月に、念願の日本人となった。

そんなキーンさんを簡単に紹介しよう。一九二二年六月十八日、ニューヨークのブルックリンで生まれた。父親は貿易商だったが、二九年の世界恐慌の影響で仕事がうまくいかなくなり、経済的な問題もあって三七年に両親は離別。二歳下の妹、ルシールも九歳で病死していたため、キーンさんは十五歳の時から、小さなアパートで母と二人で暮らしていた。

ベストセラー作家の司馬遼太郎は生前、「キーンさんほど、少年時代を想像しやすい人はいない。今と変わらない」と話したそうだ。実際、そうだっただろう。晩年もキーンさんは本が大好きで、時間さえあれば書店通い。何か面白い本を見つけると、目をキラキラとさせて読んでいた。博識で、博物館や美術館では学芸員顔負けで展示物について説明する。教育者らしく、先生口調で話すのがキーンさん流だ。きっと、子どもの頃は勉強ができる物知りとして、一目置かれていたのだろう。

九歳の夏休みに、父親の欧州出張に付いていった。フランスやオーストリアを回って帰国し、夏休み明けに登校すると級友に囲まれ、「大西洋の船旅はどうだった?」「ヨーロッパはどうだった?」と聞かれたそうだ。ちょっと得意げに話し、級友たちを楽しませたことだろう。

キーンさんが生まれ育ったブルックリンには、当時、大リーグのドジャースがあり、男の子は、野球で目立つことが大事だった。体が小さかったキーンさんは苦手で、試合にも出してもらえず、ベンチを温めていた。その反動もあったのだろう。負けん気の強いキーンさんは、教室では誰もが認めるヒーローだった。勉強は抜群にでき、いつもクラスで一番。文章を書くことが好きで、学校新聞を編集したり、小説を書いたりしていたそうだ。趣味は切手収集。特に、外国の切手を眺めては、異国の地を想像して楽しむ、夢見る少年だったようだ。

そんなキーンさんは、自ら進んで少年時代の家庭の話をすることは、滅多になかった。複雑な家庭の事情があったのだろう。キーンさんが、こんなことをポツリと話したことがあった。両親が離別する直前のことだ。父は妹のルシールを特にかわいがっていたが、そのルシールが病死した時に父は「これで、家族と一緒にいる理由がなくなった」とつぶやいた。それは、まだ幼かったキーンさんの心に大きな傷を残したはずだ。とても人には話せないようなことも、あったかもしれない。そんな少年時代を過ごしたからこそ、繊細で人の気持ちがよく分かる、心優しい人になったのだろう。

愛犬のビンゴとじゃれるキーンさん㊧と妹のルシール＝1930年ごろ、米ニューヨーク

飛び級でコロンビア大学入学

高校を卒業するまでに二度も飛び級。キーンさんは、十六歳でニューヨークの名門コロンビア大学に奨学生として入学した。十八歳の同級生に囲まれた当時のことを、こう語っていた。

「あの年頃で二年の歳の差は大きく、まるで大人の中に、子どもが一人いるような感じだった。同級生の話題といえば、女性のことばかりで付いていけず、違和感が強かった」。

そこで、キーンさんはひげを伸ばしてみたり、たばこを吸ってみたりして、そのギャップを埋めようとしたという。だが、そんな背伸びは、キーンさんにとって苦痛だったようだ。

米国では、大学進学が「親離れ」とほぼ同義のようなところがあり、多くの学生が家を出て寮などに入る。ところが、母子家庭のキーンさんは、母に嘆願されて自宅から地下鉄で片道一時間半かけて、通学していた。それも、一人暮らしを始めた同級生と少し距離があった理由だろう。おまけに、少し薄暗い地下鉄の車内で本を読むことが習慣となり、目が悪くなったという。ただ、コロンビア大学でも、成績は抜群で教室のヒーローであり続けた。

日本文学に傾倒するきっかけは、大学入学から二年後の四〇年秋に、ニューヨークのタイムズ・スクエアにあった行きつけの書店で、翻訳家アーサー・ウエーリ訳の英訳版『源氏物語』を目にしたこと。上巻、下巻の二冊組で四十九セントと安価だった。日本に文学があることすら知らず、「安い」という理由だけで買った。ところが、そこに描かれる高度な美意識や繊細な心理描写に心を奪われ、キーンさんは何度も読み返したという。

翌四一年十二月に、日本軍による真珠湾奇襲攻撃で太平洋戦争が勃発した。キーンさんは、その三カ月後の四二年二月にコロンビア大学を休学して、西海岸カリフォルニア州バークレーの米海軍語学校

コロンビア大学に入学したころのキーンさん＝1938年ごろ、米ニューヨーク

に入学した。反戦主義者のキーンさんが海軍語学校に入ったのは、「日本語を学び、何か重要な秘密情報を入手して、太平洋戦争を一日でも早く終わらせよう」と思ったからだ。キーンさんは、十一カ月の研修を首席で卒業し、語学士官として従軍。四三年五月には、北太平洋のアッツ島での日本軍初とされる玉砕を目の当たりにした。その体験は、キーンさんに大きな衝撃を与えた。

「なぜ、最後の手榴弾を敵に投げつけるのではなく、自分の胸にたたき付けるのか」「なぜ、勝ち目がないのに降伏せずに、自ら命を絶つのか」。キーンさんには理解できないことばかりだった。『源氏物語』で感じた、繊細な美の世界とは全く相容れない世界が、そこにはあった。キーンさんは、「私の日本研究は、アッツ島での体験が原点だったかもしれない。どうしても理解不能で、その答を求めて日本を、日本人を知ろうと思った」と話していた。

四五年四月には、沖縄上陸作戦に参加した。そこで、キーンさんらしいエピソードがあった。

語学士官だったキーンさんは、日本語が使える米陸軍の日系人とチームを組んで、洞窟などに隠れた民間人に「出てきて下さい」と投降を呼びかけるよう命じられた。語学士官とはいえ、護身用の小銃を携行しなければならない。しかし、キーンさんはそれを拒否。小銃の代わりに和英辞典を鞄に詰めた。そして、投降を呼びかけに向かうときの日系人米兵への声掛けが振るっていた。

その当時、沖縄にいた元日系人米兵、比嘉武二郎さんによると、キーンさんは決して命令口調にはならずに、「僕と一緒に行くものはいませんか?」と、まるで映画にでも誘うかのように呼びかけたそうだ。あまりに士官らしくない口調に、

日系人の米軍通訳兵たちに囲まれるキーンさん（後列中央）＝1945年4月、沖縄

「危なっかしくて仕方がない。この人は守ってあげなければ」と、多くの日系人米兵が手を挙げて、付いていったという。

二〇一七年十月に米ホノルルで、九十四歳で亡くなった比嘉さんは「軍隊組織は指揮系統が重要で、『上官の命令は絶対』という共通認識があるが、キーンさんは上官に対しても、部下に対しても同じ人間として同等に接していた。人間味にあふれ、士官らしくない人だった」と話していた。

谷崎や荷風、川端、そして三島に安部も大歓迎

戦後、キーンさんは、コロンビア大学に復学し、日本文学研究に専念した。大きな転機となったのは一九五三～五五年の京都大学大学院への留学だ。太平洋戦争は四五年に終わったばかりで、焦土と化した日本の復興はまだ道半ば。国民の日常生活にも、まだ戦争の傷痕が影を落としていた。そんな日本に、戦勝国の米国から「日本文学は素晴らしい。日本文学を学びたい」とキーンさんはやってきた。日本人は大歓迎した。日本で初の著書『碧《あお》い眼の太郎冠者《かじゃ》』に文豪、谷崎潤一郎はこんな序文を寄せている。キーンさんが小柄

で、日本人の中に入っても目立たないことに親しみを感じ、「飾ろうとしないので、それが一層、親近感や安心感を抱かせる」。

谷崎だけではない、永井荷風に川端康成、そして三島由紀夫に安部公房といった大家たちが、こぞって両手を広げてキーンさんを受け入れた。

それに応えて、キーンさんも荷風の『すみだ川』、三島の『宴のあと』、安部の『棒になった男』と、名作を次々と英訳し、日本文学を国際社会に紹介した。もちろん、現代文学ばかりではない。松尾芭蕉の『おくのほそ道』、兼好法師の『徒然草』といった古典も英訳。その一方で、日本を理解するために、渡辺崋山や明治天皇、正岡子規、石川啄木といった歴史の転換期に生きた日本人の評伝を次々と書いた。

英ケンブリッジ大学留学などを経て、コロンビア大学の教授となったキーンさんは、情熱的な教育者でもあった。教室には何も持ち込まずに、そらで講義した。教え子でコロンビア大学のドナルド・キーン日本文化センター所長のデイビッド・ルーリーさんは、こう語る。

「キーン先生は講義に手ぶらで来て、話しながら、それを自分でメモに取っていた。一時間半の講義が終わるときには、メモは、まるで研究書の一節のようにきちんとまとまる。

例えば謡曲について話したなら、その基本が全て網羅されているメモができあがる。キーン先生の頭の中には、日本文学が体系的にまとまっていて、引き出しを開ければそれがすぐに出てくる、といった感じだった」

教え子には、『平家物語』を英訳したオーストラリア国立大学名誉教授のロイヤル・タイラーさんや、遠藤周作の作品を数多く英訳したブリガムヤング大学教授のバン・ゲッセルさん、有吉佐和子の作品を英訳した元ハワイ大学准教授のミルドレッド・タハラさんもいる。英訳された日本文学のほぼ六割は、キーンさんとその教え子の「キーン・ファミリー」が手がけてきた。もしキーンさんがいなければ、日本文学の国際化は大きく遅れていただろう。

タイラーさんからこんな話を聞いた。「学生時代の一時期、アカデミズムの世界に何となく嫌悪感を持ち、大学を辞めようと考え、実際、自動車修理工場で働き出した。ところが、キーン先生から『あなたは能力のある学生だ。戻ってきなさい』と手紙が届き、電話もあった。先生の熱意を感じて、大学に戻ったが、先生の説得がなければ、どうなっていたか分からない」。

タイラーさんは、二〇〇一年には、『源氏物語』の全編を英訳。アーサー・ウエーリ、そして、川端康成の作品を数多く英訳して、彼のノーベル文学賞受賞に貢献したとされるエドワード・サイデンステッカーに続く、三人目の『源氏物語』の完訳者となった。『伊勢物語』も英訳し、〇八年には日本の旭日大綬章を受賞した。そうした数々の英訳について、タイラーさんは「キーン先生の教えや激励がなければ、とてもできなかった」と話していた。

キーンさんは、そうした教え子たちから愛されていた。毎年、誕生日には教え子が主催するパーティーが開かれ、国内外からたくさんのプレゼントが届いていた。

旧古河庭園がある西ヶ原に住む

一九七四年に、キーンさんは、東京都北区西ヶ原に、日本の居を構えた。そこを選んだ理由が、何ともキーンさんらしい。西ヶ原にある旧古河庭園が気に入り、そこを歩いていたときに見えた白いマンションに住みたいと思ったからだ。部屋の間取り、資産価値、駅までの距離といった実用的なことを全く調べずに、「あそこに住もう」と決め、その二年後に売りに出た中古物件を即、買った。

西ヶ原を気に入った理由は、別にもある。外国人がいないこと。米国の大学では、九月から十二月までの秋学期と、一月から五月までの春学期がある。六月から八月までの三カ月は長い夏休み。その間を東京で過ごすために、キーンさんが部屋を探していると聞いた友人、知人は青山や渋谷といった外国人が多く住んでいる場所を勧めた。ところが、そんな場所をキーンさんは避けた。「日本人だけがいる場所で、日本人と同じように生活したかった」。当時、キーンさんには夢があった。道行く人が、キーンさんを地元の人と思い込み、道を尋ねてくることだった。その夢は、西ヶ原でかない、道を聞かれた時には、飛び上がらんばかりに喜び、満面の笑みをたたえながら丁寧に道を教えたそうだ。

キーンさんは、優しく紳士的なインテリだったが、その一方で批判精神も旺盛で厳しさも持ち合わせていた。四七年に、「新たな環境で研究活動をしてみよう」とコロンビア大学からハーバード大学へ移ったことがあった。ハーバード大学では、当時、日本研究で有名だったセルゲイ・エリセーエフ教授に師事したが、講義はパターン化されていて、何年間も同じ内容の話を学生に聞かせていた。しかも、日本人を見下すようなところがあり、コロンビア大学でキーンさんを指導した角田柳作先生に対して「能力が低い」と言い放ったことがあった。そんなエリセーエフ教授を、キーンさんは「ハーバード大学教授という肩書きにあぐらをかいているだけだ。角田先生の方がはるかに素晴らしい」と厳しく批判したこともあった。

五七年にニューヨーク・タイムズの記者が三島由起夫をインタビューした際には、その記者が資料を読めば分かるようなことばかり聞くので、「もっと準備をしてから取材すべきだ」と苦言を呈したこともあった。

キーンさんには、驚かされることがしばしばあった。キーンさんはずば抜けて優秀な頭脳を持ちながら、数学が苦手だったという。ところが、見せてもらった高校時代の成績は全て「A」。苦手の数学をどう克服したのか聞いてみると、「教科書を読んでいるうちに、書いてあることを覚えてしまった。数学は分からなかったけれど、教科書に書いてあるとおりにテストの解答用紙を埋めたら、いい点が取れた」。

「天才とは、こういう人のことなのだろう」と、私には妙に納得した。こんなこともあった。私は、九六年から九七年にかけて、コロンビア大学大学院に留学した。専攻はジャーナリズムで、日本文学とは全く無縁だったのだが、「高名なキーン先生が教えている」と聞いて聴講した。その時のことだ。日本人の私に気付いた正規の学生から、三島由紀夫の作品について、意見を求められた。三島作品を読んだことはあるが、日本文学専攻の学生と議論できるほどの知識はない。そこで「時間がかかるので、あとで話そう」とごまかして逃げた。キーンさんは、その会話を聞いていたのだ。

それから十年近くたった二〇〇五年八月、「終戦から六十年」の企画記事の取材で、私がキーンさんと東京で再会したときに、いの一番に聞かれたのが「あれから、三島の話はどうなりましたか」。私は、何のことか分からなかった。だが、時間をかけてクモの糸のように細い記憶をたぐり寄せると、確かに「アンソニー」という名前の学生から三島について聞かれ、冷や汗をかいたことを思い出した。

「九十三歳の若さだよ」

知性と同時に、ユーモアにもあふれていた。二〇一六年春に、米シアトルに講演旅行で出かけた時だ。体調を崩したキーンさんに私は付き添って、病院へ行ったことがある。病院の受付で、女性に「How old are you?」と年齢を確認され、「93 years old」とは答えず、とっさに「93 years young（九十三歳の若さだよ）」。

体調が悪く、顔色もさえなかったが、その返答に受付にいた四人は、どう見ても老人のキーンさんを横目に、クスクスと笑いだした。

万事が、こんな調子だ。その病院で、少し苦痛が伴う治療を受けた際に、私が「先生、大丈夫ですか？」と問いかけると、「今は大丈夫。日本人ですから。大和魂です」。思わず吹き出すと、治療していた現地人医師もつられて、笑いながら「何て言ったの？」。説明すると、医師は「魂はそうでも、体はアメリカ人のままだから、痛いはずだけれど」。他愛のないやりとりだが、それで、その場の雰囲気がどれだけ明るくなったことか。

旅先からは、必ず「拝啓　モナ殿」と絵はがきを書いていた。モナとは、新潟市にある養子の誠己《せいき》さんの実家で飼っていた「モナリザ」という名のネコ。茶色でキーンさんに言わせると「ちょっと難しいネコ」なのだが、キーンさんはモナをひざの上に乗せて、英語を教え、クラシック音楽を聞かせて楽しんでいた。

キーンさんは動物好きだった。定期的に通っていた病院への道中に、ニワトリを飼っていた大きなかごがあった。その前を通る度に、キーンさんは足を止め「元気そうだね」と声を掛けた。そんなキーンさんだからだろう。動物からも好かれるようだった。少年時代にスピッツ犬を「ビンゴ」と名付けて飼い、よく散歩に連れて行っていたという。その時に学んだのかもしれないが、犬やネコには、自分からは寄っては行かずに、柔和な表情で見つめる。すると、向こうの方から寄ってくる。モナは、少し人嫌いなところがあって、自らはあまり飼い主に寄ってはいかない。ところが、静かに本を読んでいるキーンさんのひざの上には、自分から乗っていったそうだ。その写真を自慢気に見せてくれた。

多くの友人に恵まれた人生だった。最晩年にも、作家の瀬戸内寂聴さんと何度も対談し、二〇〇八年に共に文化勲章を受章した世界的な指揮者、小澤征爾さんからはしばしば公演に招待されては、出かけていた。

カンヌ国際映画祭で最高賞を受賞した『タクシードライバー』（一九七六年）で知られるマーティン・スコセッシ監督は、遠藤周作が原作の『沈黙―サイレンス―』（二〇一六年）を撮影するに当たって、「日本を知るために、ドナルド・キーンさんの本を何冊も読んだ」と話していた。同様に、歴代の駐日米国大使は、着任前にキーンさんの本を読むことが半ば必須となっているという。特に、民主党のオバマ政権時代の一三年十一月から一七年一月まで大使だったキャロライン・ケネディさんは、夫のエドウィン・シュロスバーグさんが、コロンビア大学でキーンさんの教え子だったこともあって、しばしばキーンさんを大使館に呼んで文化交流のイベントを開いていた。一六年十一月の米大統領選では、キーンさんは大使公邸に招待され、ケネディさんとテレビで開票速報を見ていた。

「日本人となった今が、一番幸せ」

キーンさんは「日本人となった今が、人生で一番幸せです」と口癖のように話していた。一二年三月に日本人となってから、亡くなるまでの七年間は、まさにその言葉通りだったようだ。特に、浄瑠璃の三味線奏者、上原誠己さんを養子として迎え入れたことで、とても豊かな最晩年だった。〇六年にキーンさんの講演会に誠己さんが参加したことがきっかけで知り合い、それからも連絡を取り合っていた。その後、キーンさんが古浄瑠璃『弘知《こうち》法印《ほういん》御伝記《ごでんき》』の復活上

古浄瑠璃「弘知法印御伝記」ロンドン公演の記者会見で、養子の誠己さん㊧の三味線弾き語りを聞くキーンさん＝2017年3月、東京都千代田区

演を誠己さんに提案。二年がかりで誠己さんは公演を実現して、二人の関係が深まり、キーンさんが日本国籍を取得した直後に養子縁組の手続きをした。キーンさんは八十九歳にして、六十一歳の息子ができ、父となった。キーンさんは、誠己さんが人形浄瑠璃文楽座に所属していた時の芸名「浅造《あさぞう》」で誠己さんを呼び、誠己さんは「お父さま」と返していた。どこへ行くにも、二人一緒。これほど仲のよい、八十代の父と六十代の息子は見たことがなかった。

今、思い返すに、キーンさんは私に、最後の宿題を出していたようだ。キーンさんの友人で、太平洋戦争の末期にスイスの米国大使館に勤務し、日本との終戦工作に関係したとされる、横浜生まれの米国人がいる。一九八一年に八十三歳で亡くなったポール・ブルームさんだ。米中央情報局（ＣＩＡ）の長官だったアレン・ダレスと近い関係にあり、戦後の日本でも活躍した。キーンさんは「日本でもっと評価され、多くの人に知られるべき人だ」と話していた。何冊か関連の資料本を私に紹介しながら、「調べてみませんか」。

その直後にキーンさんは体調を崩され、病院に運ばれてしまったこともあって、すっかり忘れていたが、ごく短期間、キーンさんの教え子だった私への最後の思いやりだったのだろう。研究者としても教育者としても、最高の方だった。

日本国籍を取得し、漢字名「鬼怒鳴門」を手にするキーンさん＝2012年３月、東京都北区

◉キーンさんの主な英訳本

【近現代作品】

安部公房『棒になった男』『未必の故意』『緑色のストッキング』『幽霊はここにいる』『友達』

石川淳　『紫苑物語』

宇野千代　『おはん』

小田実　『玉砕』

川端康成　『現代語訳・竹取物語』

太宰治　『人間失格』『斜陽』『ヴィヨンの妻』

永井荷風　『すみだ川』

深沢七郎　『楢山節考』

三島由紀夫　『宴のあと』『真夏の死』『サド侯爵夫人』『近代能楽集』『橋づくし』『道成寺』『女形』

山本有三　『米百俵』

【古典】

鴨長明　『方丈記』

観阿弥　『松風』『野々宮』

兼好法師　『徒然草』

竹田出雲ほか　『忠臣蔵』

近松門左衛門　『国性爺合戦』『曽根崎心中』『冥途の飛脚』『女殺油地獄』

松尾芭蕉　『おくのほそ道』

旧古河庭園で新年向けの番組撮影前に、和服姿でくつろぐキーンさん＝2012年12月、東京都北区

おわりに

二〇一九年四月十日、ドナルド・キーンさんのお別れの会が、春の冷たい雨が降る中、東京都港区の青山葬儀所で開かれ、交友のあった作家や研究者、編集者ら約千五百人が参列しキーンさんをしのびました。会の副題は「日本の皆さんに感謝を込めて——鬼怒鳴門《キーン・ドナルド》」。祭壇には、笑みを浮かべたキーンさんの遺影が飾られ、その周りには白い花が敷き詰められました。

弔辞に立った、お別れの会の発起人代表で米コロンビア大学ドナルド・キーン日本文化センター所長のデイビッド・ルーリーさんは「キーン先生の業績があったからこそ、世界中の大学で日本文学研究が活発に行われている」と遺影に呼びかけました。そして、芥川賞作家の平野啓一郎さんは「対談したあと、『友達になりましょう』と手を差し伸べられた」「この先もキーンさんの記憶と著作は、私の人生の重要な場所を占め続ける」と感謝の言葉を送りました。

続いて、喪主を務めた養子のキーン誠己《せいき》さんが祭壇の前に立ち、参列者に向かって、あいさつしました。そのあいさつ全文を「あとがき」に代えます。誠己さんは、かつて人形浄瑠璃文楽座に在籍していて、その時の芸名が「浅造《あさぞう》」。キーンさんは、最後まで誠己さんを「浅造」と呼んでいました。

皆さま、本日は父、ドナルド・キーンのために、このように多くの方々にお越し頂き本当にありがとうございます。

今日は、春の冷たい雨が降り、そして寒い中、本当にありがとうございます。

実は、父は日本のこのような雨の日が大好きでした。こういう日になりますと、窓から外を見て、「ああ気持ちがいいですね、雨で緑の葉がきれいに洗われていきます。美しいですね。こういう日は好きですよ」。こんな風なことを、いつもささやいておりました。

この雨は、父の悲しみの雨ではなく、そういう意味で、父にとって喜びの雨だと思います。そして父はきっと、みなさま、お一人お一人に向かって、「ごめんなさい。どうもすみません。私がこんな天気にしてしまいました。お許し下さい」と、謝っていると思います。

軽井沢の別荘で父は若い頃、タイプライターに向かって『徒然草』の翻訳に熱中しておりました。そのときは六月で、やはりシトシトと雨の降る梅雨の時期だったそうです。そして父は、まさに自分が兼好法師になったと、そんなふうに思ったそうです。その英訳は父自らが、「これは僕の翻訳の中で、一番好きで、一番よくできている英訳だと思います」と、自負しておりました。

父は、アメリカと日本、二つの国を母国として九十六年間の生涯を閉じました。アメリカと日本、二つの国を愛し、アメリカと日本、ちょうど半分ずつ生きてきたと思います。亡くなる一カ月ぐらい前まで、「今年もニューヨークへ行きますね。いつ行きますか。切符はもうとりましたか」。そんなふうに私に聞いておりました。

父は、自分が希望していた通り、そして夢に描いていたとおり、日本の土になりました。やすらかに、そして美しいまでに清らかに、天に召されました。いつも言っていたように、父にとって非常に幸福な生涯だったと思います。

平和を愛し、そして戦争が大嫌いな父でした。私は、以前、黒い色が好きで、よく黒い洋服を着ておりました。それを見ていた父がある日、「僕は黒い色はファシズムの色だから嫌いなんです。できれば、他の色にしてくれませんか」と私に言いました。それくらい、戦争が大嫌いでした。平和が大好きでした。

二〇一二年三月に、日本国籍を取得した直後に、私を養子にいたしました。その時の、喜びよう、はしゃぎよう、それはもう言葉には表現できかねるものでした。私にしがみついてきて、「淺造、淺造、うれしい、うれしい。こんなに幸せなことはない。バンザイ、バンザイ」と言って、喜びを体中で表現してくれました。私はとても幸せでした。

最後の半年くらいは、徐々に衰弱していく姿を見ているのが、私にとってもつらい思いでした。お父さんにどういうふうに声を掛けて上げたらいいのか、何と言って励ましたらいいのか、何をしてあげたらいいのか、とても分かりませんでした。とても苦しい思いでした。

多分、父は一年以上前から、自分の死を予感していたと思います。そして、わたしの苦しい胸の内も自ら察していてくれたのだと思います。亡くなる二、三週間前から、たびたび私に、あることばで声を掛けてくれました。

「You are everything for me. Asazo」でした。

私は、その言葉にどれだけ救われたか分かりません。お父さんありがとうございました。

父はいつも私のそばに一緒にいてくれると思います。そして、もちろん皆さまのそばにも永遠にずっといてくれると思います。父の著作を読めば、父と語り合うことができます。何か答えを見いだすことができ、父も何かを言ってくれると思います。

みなさま、本当にありがとうございました。父と共に、こころより感謝を申し上げます。

ありがとうございます。

「お別れの会」が開かれた青山葬儀所に飾られたキーンさんのパネル＝2019年４月、東京都港区

「お別れの会」で、キーンさんの遺影を背景にあいさつする養子の誠己さん＝2019年４月、東京都港区

●著者紹介

ドナルド・キーン

一九二二年、米ニューヨーク生まれ。米コロンビア大で日本文学を専攻し、同大助教授、教授を経て、名誉教授。日本の文化や文学の研究で世界的な権威。二〇一二年に日本国籍取得。一九年逝去。文化勲章を受章したほか、菊池寛賞、山片蟠桃《ばんとう》賞、日本文学大賞、全米文芸評論家賞など受賞は多数。松尾芭蕉の『おくのほそ道』から、三島由紀夫の『宴のあと』などまで、古典から近現代まで日本文学を幅広く英訳。『ドナルド・キーン自伝』『日本人の戦争』『明治天皇』『思い出の作家たち』『日本人の西洋発見』『日本との出会い』など著書は多数。

●編集者紹介

鈴木伸幸

一九六二年、東京生まれ。横浜国大卒業後、共同通信社に入社。国際局海外部などに勤務。同社退社後、モービル奨学生として米コロンビア大ジャーナリズム大学院で上級国際報道プログラム履修。帰国後、東京新聞（中日新聞東京本社）入社。経済部、特別報道部などを経て現在、放送芸能部長。著書に『北朝鮮人権委員会拉致報告書』など。

ドナルド・キーンの東京下町日記
２０１９年９月26日　第１刷発行
２０１９年11月10日　第２刷発行
著　者　ドナルド・キーン
発行者　安藤篤人
発行所　東京新聞
〒一〇〇－八五〇五　東京都千代田区内幸町
二－一－四中日新聞東京本社
電話［編集］〇三－六九一〇－二五二一
［営業］〇三－六九一〇－二五二七
ＦＡＸ〇三－三五九五－四八三一
装丁・組版　常松靖史［ＴＵＮＥ］
印刷・製本　株式会社シナノ パブリッシング プレス
JASRAC 出 1907588-902

ISBN978-4-8083-1035-6 C0095

ドナルド・キーン・センター柏崎で笑顔を見せるキーンさん＝2013年9月、新潟県柏崎市